Kurt Swet

Beiträge zur Lebensgeschichte und Pädagogik Joh. Bernh. Basedows

Kurt Swet

Beiträge zur Lebensgeschichte und Pädagogik Joh. Bernh. Basedows

ISBN/EAN: 9783743397958

Hergestellt in Europa, USA, Kanada, Australien, Japan

Cover: Foto ©Raphael Reischuk / pixelio.de

Manufactured and distributed by brebook publishing software (www.brebook.com)

Kurt Swet

Beiträge zur Lebensgeschichte und Pädagogik Joh. Bernh. Basedows

Inhaltsübersicht.

I. Berichtigungen zur Lebensgeschichte Basedows:
   a) Basedows Geburtsjahr und Geburtstag;
   b) Basedows Vater;
   c) Die erbliche Belastung Basedows;
   d) Zeitpunkt von Basedows Flucht aus dem Elternhause;
   e) Richey's Einfluß auf Basedow;
   f) Wann faßte Basedow den Entschluß sich der Schule zuzuwenden?

II. Besprechung Basedow'scher Schriften:
   a) Der epistolae ad Richeium:
   b) Der Inusitata et optima honestioris iuventutis erudiendae methodus:
   c) Der „Nachricht inwiefern die Lehrart des Privatunterrichtes ausgeübet sei und was sie gewirket."

   } Mit besonderer Berücksichtigung des Einflusses von John Locke auf Basedow.

III. Kurze Zusammenfassung des Verhältnisses Basedows zu Rousseau und La Chalotais.

IV. Basedows Vorfahren.

Die über Johann Bernhard Basedow und seine Pädagogik vorhandene Litteratur ist ziemlich dürftig. Wohl existiert eine reichhaltige Litteratur über die Philanthropen und über das Philanthropin in Dessau, aber speziell über Basedow und seine Pädagogik ist bis heute relativ wenig geschrieben worden. In den 80er und 90er Jahren des vorigen Jahrhunderts, also noch teilweise zu Basedows Lebzeiten, erstand allerdings eine bedeutende Anzahl kleinerer und größerer Schriften über unseren Pädagogen. Aber sie sind alle entweder für oder gegen ihn geschrieben, und soweit ich die einschlagende Litteratur aus jener Zeit kenne, kann man von keinem einzigen dieser Werke behaupten, daß es eine ruhige und sachliche Kritik Basedows, seines Lebens, Characters und Wirkens enthielte. Die folgenden Jahrzehnte jescheint man sich nicht weiter mit Basedow beschäftigt zu haben. Die Basedow-Litteratur weist hier — abgesehen von einigen lexikalischen Arbeiten und gelegentlichen Aufsätzen in Fachzeitschriften — eine große Lücke auf. Beinahe neun Jahrzehnte dauerte es, ehe wieder eine nennenswerte Arbeit über Basedow erschien. Es war dies das Werk Görings: Basedows ausgewählte Werke. Mit Biographie, Einleitungen und Anmerkungen, Langensalza, 1880. Im Jahre 1885 erschien dann die in Fachzeitschriften oft genannte und viel besprochene Dissertation G. Hahn's. „Basedow und sein Verhältnis zu Rousseau." Sie gab einen kräftigen Anstoß zur weiteren Beleuchtung und Erforschung der Basedowschen Pädagogik. Es erschienen nun in kurzer Reihenfolge auf einander:

1887 Die Didaktik Basedows im Vergleich zur Didaktik des Comenius von Petru Garbovicianu (Leipziger Dissertation).

1890 Basedow und die Entwickelung seiner pädagogischen Ideen von Dr. G. Schmid, Programm der St. Katharinen-Schule, Petersburg.

1891 Rousseau und Basedow von Carl Gößgen (Straßburger Dissertation).

1893 Entwickelung und Bedeutung der Pädagogik Johann Bernhard Basedows im Lichte neuerer Forschung von Hermann Lorenz. In 4 Fortsetzungen abgedruckt in den Jahrbüchern für Philologie und Pädagogik.

1897 Künoldt, Caradeux de la Chalotais und sein Verhältnis zu Basedow.

1897 Basedow von R. Diestelmann in: Große Erzieher. Eine Darstellung der neueren Pädagogik in Biographieen. Bd. II.

1898 Johann Bernhard Basedow und das Philanthropin in Dessau von Dr. G. Schmid. Geschichte der Erziehung, Bd. IV. 2te Abteilung.

Die Werke der beiden letztgenannten Autoren, gründliche und fleißige Arbeiten, sind vollständige Darstellungen des Lebens und der Pädagogik Basedows. Besonders die Schmidsche Arbeit, die einen ansehnlichen Band umfaßt, ist das Wertvollste, was in der neueren Zeit über Basedow geschrieben worden ist. Aber auch die Arbeiten Diestelmann's und Schmid's, auf welche in folgendem besondere Rücksicht genommen werden wird, lassen in Bezug auf Basedows Leben und seine Pädagogik eine Anzahl Punkte übrig, die noch der Aufklärung bedürfen, und gerade in diesen Punkten Klarheit schaffen zu helfen, ist der Zweck der vorliegenden Arbeit.

Der erste Punkt, der nicht genügend geklärt ist, ist die Frage nach Basedows Geburtstag und Geburtsjahr. Bis in die neueste Zeit hinein geben die meisten Lehrbücher der Pädagogik Basedows Geburtsjahr mit 1723 an.[1]) In erster Linie sind daran schuld Basedows eigene Angaben über sein Geburtsjahr, die nicht mit einander übereinstimmen Es ist nicht ganz sicher zu ermitteln, auf welche Weise dieser Irrtum sich in so viele pädagogische Lehrbücher eingeschlichen hat. In einem Aufsatze über Basedows Leben, Schicksale, Unternehmen und Verdienste im 34. Stück des Thüringer Boten vom Jahre 1790 giebt Salzmann Basedows Geburtsjahr mit 1724 an. Dasselbe thut auch Heerwegen in seiner Litteraturgeschichte, Hamburg 1797. Auf der anderen Seite geben die beiden Hauptbiographen Basedows, Rathmann[2]) und Meier[3]) die beide, wie aus ihren Werken genugsam hervorgeht, völlig unabhängig von einander arbeiteten, sein Geburtsjahr fälschlich mit 1723 an.

---

[1]) Z. B. das weit verbreitete Lehrbuch der Erziehungsgeschichte von Gottlieb Schumann.
[2]) Rathmann S. 2.
[3]) Meier S. 160.

Jedenfalls von Meier, aus dem er überhaupt sehr viel geschöpft zu haben scheint, woraus sich auch seine zu ungünstige Kritik Basedows erklärt, übernahm Raumer die falsche Angabe bezüglich des Geburtsjahres Basedows in seine Geschichte der Pädagogik, und aus Raumer ist dieses Datum dann weiter in fast alle Lehrbücher und Compendien der Erziehungsgeschichte gewandert.

Es ist nach G. Schmid, Petersburg, vor allem das Verdienst G. Baur's, in Schmids Encyclopädie auf H. Schröders „Lexikon der Hamburgischen Schriftsteller bis zur Gegenwart" aufmerksam gemacht zu haben, wo die übliche Chronologie von Basedows Bildungsgeschichte manche Berichtigung erfahre.[1]) Dieser Hinweis sei aber unbeachtet und alles beim Alten geblieben, d. h. bei 1723 als Basedows Geburtsjahr. Allerdings hat auch Schröder selbst, der zwar auf A. J. Rambach's „Anthologie christlicher Gesänge aus allen Jahrhunderten der Kirche" verweist, wonach Basedow dem Kirchenbuche der Nikolaikirche zufolge 1724 geboren und am 11. September getauft worden ist, an der Richtigkeit dieser Angabe gezweifelt. Denn in diesem Falle, meint er, begreife man nicht, wie Basedow dies nicht gewußt hätte, und wie der sonst so eitle Mann, wenn er es besser wußte, sich absichtlich ein Jahr älter gemacht haben sollte.[2]) Wenn nun auch diese Zweifel Schröders begreiflich sind, so sind sie doch nicht berechtigt. In seiner 1897 über Basedow herausgegebenen Schrift veröffentlicht Diestelmann die wörtliche Abschrift des ihm aus dem Taufregister der Kirche zu St. Nikolai in Hamburg zugesandten Taufscheines Basedows. Sie lautet: „Am 11. September im Jahre 1724 wurde des Herrn Hinrich Basedau Sohn von dem Herrn Pastor Wisler getauft und erhielt die Namen Johann Berend. Gevattern waren: Elisabeth Leonards, Gabriel Herbst und Johann Prahm."[3])

Damit ist, wie auch Diestelmann bemerkt, bezüglich des Geburtsjahres Basedows sichere Aufklärung gegeben, nicht aber eine Gewißheit über den Geburtstag.

Rambach schließt aus der Angabe des Taufregisters, daß Basedow am 9. September geboren sei, ein Schluß, der nach Schmids Meinung bei der streng kirchlichen Richtung von Basedows Eltern viel für sich haben soll.[4]) Diestelmann äußert seine Vermutung dahin, daß Basedow nach der kirchlichen Sitte der damaligen Zeit am 7. Tage nach der

---

[1]) Schmid, Programm S. 97.
[2]) Ibidem S. 98.
[3]) Diestelmann, S. 101 Anm. 1.
[4]) Schmid, Programm S. 98.

Geburt getauft sei, woraus sich dann der 5. September als sein Geburtstag ergäbe.¹) Diese Vermutungen haben beide keinen Anspruch auf Wahrscheinlichkeit.

Daß die Kinder nach der kirchlichen Sitte der damaligen Zeit am 7. Tage nach der Geburt getauft worden seien, ist, wenigstens in Anjehung Hamburgischer Verhältnisse, nicht ganz richtig. Es war vielmehr gute, kirchliche Sitte, die Kinder innerhalb der ersten Lebenswoche zu taufen. In Hamburg war es damals Brauch, daß die Kinder am nächsten Sonnabend nach der Vesper, d. h. um nachmittags 3 Uhr, in der Kirche getauft wurden, also an dem ersten Sonnabend, den sie verlebten.²) Wäre Basedow nun nach der kirchlichen Sitte im damaligen Hamburg an einem Sonnabend in der Kirche getauft, dann wäre auch mit ziemlicher Sicherheit zu sagen, daß er in den vorhergehenden 8 Tagen geboren ist. Nun aber ist Basedow an einem Montage in dem Hause seiner Eltern getauft worden.³) Diese bisher vielleicht ganz unbekannte, jedenfalls aber unberücksichtigt gebliebene Thatsache scheint mir einen wichtigen Fingerzeig zur näheren Bestimmung von Basedows Geburtstag zu geben.

Es ist heute noch in vielen Gegenden Sitte, schwächliche Kinder gleich am Tage der Geburt im Elternhause zu taufen. Diese Sitte wurde bereits damals, wenn auch selten, in Hamburg geübt. Bei Basedows Taufe scheint sie ebenfalls in Anwendung gekommen zu sein. Ich schließe folgendermaßen:

Erstens: Wäre Basedow vor dem 9. September geboren und gesund gewesen, so könnte man mit ziemlicher Sicherheit annehmen, daß er bei der streng kirchlichen Richtung seiner Eltern, die infolge Basedows eigener, sowie auch seiner Biographen Angaben außer Zweifel steht, gemäß der damals in Hamburg herrschenden gut kirchlichen Sitte am Sonnabend, also am 9. September, getauft worden sein würde. Da dies nicht geschehen ist, so bleiben als Basedows Geburtstag nur der 9., 10. und 11. September übrig.

Zweitens: Die Haustaufe wurde damals wohl schon geübt, aber sie war doch eine große Ausnahme und wurde von der Geistlichkeit

---

¹) Diestelmann S. 101.
²) Laut brieflicher Mitteilung des Herrn Pastor Dr. theol. Carl Berthean, Hamburg, jedenfalls eines der besten Kenner der kirchlichen Gebräuche im alten Hamburg.
³) Gleichfalls briefliche Mitteilung des Herrn Dr. B. — Bereits zu Anfang des vorigen Jahrhunderts kommen in Hamburg Haustaufen vor, doch galten sie als ziemlich seltene Ausnahmen, was daraus ersichtlich ist, daß hinter dem Namen eines solchen Täuflings im Kirchenbuche immer ausdrücklich „domi" vermerkt wurde.

nur in Rücksicht auf besondere Umstände, meist wegen Kränklichkeit des Täuflings gestattet. Dasselbe scheint auch, da Basedow eben im Elternhause getauft wurde, bei seiner Taufe der Fall gewesen zu sein. Ist diese Annahme richtig, so ist es wahrscheinlich, daß Basedow, wie das heute in ähnlichen Fällen noch geschieht, gleich am Tage der Geburt getauft worden ist.

Drittens: Die Annahme wird für mich fast zur Gewißheit durch das Zeugnis Rathmanns[1]) und Meiers[2]). Beide waren mit Basedow persönlich bekannt, beide haben mit Basedows Angehörigen verkehrt,[3]) haben wohl also auch das Datum gekannt, welches in Basedows eigener Familie als sein Geburtstag galt. Ich nehme daher als sehr wahrscheinlich an: Basedow wurde geboren am 11. September 1724.

Von dem Vater Basedows wird fast allgemein angenommen, daß er ein ungebildeter Mann, ein finsterer und rauher Charakter gewesen sei, der seinen Sohn mit unmäßiger Strenge erzogen habe. Ich halte mich wiederum an das, was die beiden neuesten Biographen Basedows über seinen Vater berichten. Schmid schreibt: „Sein Vater, ein Perrückenmacher, war ein Mann von finsterer Strenge"[4]). Milder urteilt schon Diestelmann über ihn, wenn er sagt: „Der Vater Basedows war ein sehr arbeitsamer und rechtschaffener Mann, aber von verhältnismäßig geringer Bildung, dabei hatte er, den Basedow selbst als außerordentlich lebhaft bezeichnet, etwas Finsteres, Rauhes und Ernsthaftes in seinem Wesen, sodaß er wohl bei der Erziehung seines Sohnes finstere Strenge mit Mangel an Verständnis für frohen, kindlichen Lebensgenuß vereinigte[5])

Ob diese Charakteristiken von Basedows Vater richtig sind, müssen wir bezweifeln. Schmid und Diestelmann gründen ihre Ansicht jedenfalls auf Basedows eigene Angaben über seinen Vater, die allerdings ziemlich herbe lauten. Möglich ist nun wohl, daß Basedows Vater seinem Sohn nicht besondere Liebe entgegengebracht hat und zwar aus einem Grunde, der bisher, wie es scheint, sämtlichen Basedowbiographen unbekannt geblieben ist. Basedows Vater, Heinrich Basedau, hatte erst am 21. Februar 1724 die Witwe seines Geschäftsvorgängers, eines Perückenmachers, geheiratet.[6]) Schon Anfang September desselben

---

[1]) Rathmann S. 2.
[2]) Meier Bd. I, S. 160.
[3]) Meier betont dies ausdrücklich S. 162. Dasselbe thut auch Rathmann. Vorrede S. VI.
[4]) Schmid, Programm S. 8.
[5]) Diestelmann S. 8.
[6]) Briefliche Mitteilung des Herrn Pastor Dr. Bertheau.

Jahres wurde um Basedow geboren. Aus diesen Daten ist ersichtlich, daß Heinrich Basedau vielleicht gar nicht der natürliche Vater des Pädagogen war, und wenn er es doch war, dann war jedenfalls — bei der strengen Herrschaft, die damals die Geistlichkeit, an manchen Orten sogar die weltliche Polizei in dieser Hinsicht auf die niederen und mittleren Volksklassen ausübte — der Sohn schon vor seiner Geburt die, wenn auch unschuldige Ursache, daß sein Vater aus gewissen Rücksichten die Witwe seines Geschäftsvorgängers heiraten mußte, was er sonst vielleicht nicht gethan haben würde. Diese Annahme hat Wahrscheinlichkeit für sich wegen des weiter unten näher geschilderten Charakters von Basedows Mutter. Ob freilich dieser Umstand wirklich der Urgrund des wenig erfreulichen Verhältnisses zwischen Vater und Sohn gewesen ist, vermag ich natürlich nicht zu entscheiden.

Es ist zweifelhaft, ob Basedows Vater in der That ein so finsterer und rauher Charakter war, der für seinen Sohn nur harte Strenge übrig hatte. Den Angaben, die Basedow in dieser Hinsicht macht, steht wenigstens das Zeugnis Meiers, der den alten Basedow gut kannte, diametral gegenüber. Meier sagt nämlich: „Was infolge der mündlichen Erzählungen Basedows, über das rauhe und harte Wesen seines Vaters als ausgemachte Thatsache gesagt wird, stimmt mit der Wahrheit nicht so ganz überein. Diesen alten und biederen Mann habe ich nicht nur persönlich gekannt, sondern bin auch geraume Zeit mit ihm umgegangen, ein Gast an seinem Tische gewesen, und habe vieles aus seinen vertraulichen Unterredungen und Erzählungen erfahren".[1] „Der Vater, ein guter, biederer Bürger, zeigte sich bei näherer und mehrerer Bekanntschaft als ein rechtschaffener und betriebsamer Mann, als ein guter Welt- und Staatsbürger, sowohl in Worten und Urteilen, und er wurde daher auch von allen Bekannten geliebt und geehrt".[2] „Überhaupt war dieser alte Mann in seinen Reden, Worten, Urteilen, Handlungen und in seinem ganzen Umfange seiner, höflicher, geschmackvoller, bescheidener und zurückhaltender, und bewies in allem durch lange Erfahrung mehr erworbene Klugheit, als man von einem Manne seines Standes hätte erwarten sollen".[3]

Es läßt sich natürlich heute schwer entscheiden, auf welcher Seite das Richtige liegt. War Basedows Vater der rauhe und finstere Haustyrann Görings und der anderen Basedowbiographen, oder war er der ruhige und achtenswerte Welt- und Staatsbürger Meiers?

---

[1] Meier S. 16.
[2] Ibid. S. 161.
[3] Ibid. S. 173.

Wie gesagt, nehmen fast alle Basedowbiographen als besonders Schröder, Göring, von Sallwürk, Diestelmann und Schmid mehr oder weniger das Erste an. Und doch glaube ich, daß die Meiersche Schilderung von Basedows Vater die richtigere ist, wennschon ich nicht verkenne, daß die Meiersche Biographie Basedows nur mit größter Vorsicht als Quellenschrift benutzt werden darf. Denn erstens hat Meyer Basedows Vater gut gekannt,[1]) sein Zeugnis über denselben muß uns also besonders wertvoll sein, und zweitens stützen die vorgenannten Biographen Basedows ihr Urteil über dessen Vater sämtlich auf dieselbe Quelle, nämlich auf Basedows eigene Angaben.[2]) Ob aber gerade diese als unumstößliche Wahrheit gelten dürfen, ist zweifelhaft. Basedow scheint nicht nur nicht zu seinem Vater, sondern ebensowenig Zuneigung und Liebe zu seiner Mutter und Schwester gehabt zu haben. Vater=, Frauen=, Kinder= und Anverwandtenliebe war ihm fremd.[3]) Daher erklärt es sich wohl auch, daß der Vater von seinem Sohne in der Regel zärtlicher und behutsamer sprach, als dieser von ihm.[4])

Die Annahme, daß Basedows Vater nicht der rauhe und finstere Charakter war, als welcher er gewöhnlich geschildert wird, gewinnt noch an Wahrscheinlichkeit, wenn man die häuslichen Verhältnisse in Betracht zieht, in denen er lebte; wir wissen, daß Basedows Eltern in unglücklicher Ehe lebten.[5]) Man könnte nun meinen, diese unglückliche Ehe spreche gerade für die Richtigkeit der Angabe, daß der Vater Basedows ein finsterer und rauher Charakter gewesen sei. Allein die Thatsache, daß die Ehe unglücklich war, bedarf zu ihrer Erklärung nicht der Annahme von der finsteren und rauhen Gemütsart des Vaters, vielmehr erklärt sie sich meiner Meinung nach aus zwei Umständen. Erstens: Basedow war, wie bereits oben bemerkt, vielleicht gar nicht der natürliche Sohn seines Vaters, oder, wenn er es doch war, so war er auch schon vor seiner Geburt die wahrscheinliche Ursache, weshalb sich seine Eltern kurzer Hand heirateten. Die Analogie ähnlicher Fälle auch des heutigen alltäglichen Lebens beweist aber, daß solche Ehen oft nicht die glücklichsten sind. Es könnte sehr wohl bei Basedows Eltern ebenso gewesen sein. Zweitens: Meier nennt Basedows Mutter ein Hauskreuz, welches auch bei dem geduldigsten und aufgeklärtesten Manne wohl zuweilen böse Launen hätte hervorbringen können.[6])

---

[1]) Meier S. 162.
[2]) Aus dem Archiv d. Basedowschen Lebensbeschreibung. S. 172.
[3]) Meier S. 170.
[4]) Derselbe S. 27.
[5]) Derselbe S. 27.
[6]) Derselbe S. 27.

Basedow selbst schildert sie als „mehrenteils bis zum Wahnsinn melancholisch"[1]) und nach anderen Angaben hat sie öftere und sehr starke Anwandlungen von Wahnwitz erlitten und ist auch in einem heftigen Paroxismus von Raserei gestorben.[2]) Wenn demnach Göring etwa folgendes sagt: „Man kann sich vorstellen, daß es keine leichte Aufgabe war, mit diesem Manne (nämlich mit Basedows Vater) zu leben. Seine Gattin mußte unter dem Drucke ihres Haustyrannen schwer leiden. So schleppte sie sich durch ein elendes Dasein hin, dessen Last lähmend auf die ganze Umgebung wirkte und die durch des Mannes Roheit hervorgerufene düstere Stimmung im Hause noch steigerte,"[3]) — er, Göring, die Sache also so darstellt, als ob lediglich des alten Basedows finsterer und tyrannischer Charakter an dem häuslichen Unglück schuld gewesen sei, so glaube ich, daß diese Darstellung nicht berechtigt ist.

Die Richtigkeit dieser Annahme wird noch durch folgende Darlegungen bestätigt. Basedows Mutter war gestorben, und sein Vater hatte sich zum 2ten Male verheiratet. Meier erzählt von dieser Ehe, er hätte mit eigenen Augen gesehen, daß sie eine sehr glückliche gewesen sei.[4]) Wäre nun Basedows Vater in der That ein so schlimmer Charakter gewesen, als welchen ihn fast alle Basedowbiographen hinstellen, so würde er kaum in seiner 2ten Ehe viel glücklicher gelebt haben, als in seiner ersten. Aus Bruchstücken eines Briefes an seinen Sohn, die uns erhalten sind,[5]) geht aber klar hervor, daß er nicht nur mit seiner zweiten Frau in glücklicher Ehe lebte, sondern daß er auch — wenigstens seiner damaligen Frau gegenüber — ein umsichtiger und fürsorgender Gatte gewesen sein muß. Hinsichtlich des Charakters von Basedows Vater und der häuslichen Verhältnisse seiner Eltern glaube ich nach dem Vorhergesagten als möglich annehmen zu können: Basedows Vater war kaum ein so finsterer Charakter und so schlimmer Haustyrann, wie man bis jetzt annahm. An dem unglücklichen Eheleben seiner Eltern war wohl zumeist der anormale Geisteszustand seiner Mutter schuld.

Die Frage, ob Basedow erblich belastet war, ist an und für sich eine rein psychologische und psychiatrische Frage.. Ihre endgiltige

---

[1]) Aus dem Archiv der Basedowschen Lebensbeschreibung. S. 172.
[2]) Dießelmann S. 9.
[3]) Göring S. XX.
[4]) Meier S. 164.
[5]) Ibid. S. 172.

Lösung steht und fällt natürlich mit der Annahme oder Verwerfung der Theorie der Vererbung nicht nur der physischen, sondern auch der moralischen und intellektuellen Eigenschaften der Eltern auf die Kinder.

Meier und Göring betonen mit besonderem Nachdruck, daß Basedow in psychischer Beziehung belastet gewesen sei. Seine drei letzten Biographen, v. Sallwürk, Diestelmann und Schmid, nehmen zu dieser Frage keine Stellung. Und doch ist sie der Erörterung gewiß wert; denn wird sie bejaht, so lassen sich daraus viele üble Eigenschaften, die Basedow unzweifelhaft an sich hatte, wenn nicht rechtfertigen, so doch erklären. Auch viele seiner Handlungen, für die wir sonst nicht leicht eine Erklärung finden können, wird man dann leichter verstehen. Wie gesagt, betonen Meier und Göring ausdrücklich die erbliche Belastung Basedows. Ich wiederhole zunächst kurz, was Meier in dieser Hinsicht schreibt. „Der Keim des Wahnsinns", sagt er, „lag gewiß in Basedows erster Mutter verborgen. Einige geübte und tiefe Kenner der Seelenlehre, des Menschen und auch des einzelnen Basedow (soll wohl heißen: die zugleich Basedow gekannt haben) wollten hieraus die Launen Basedows, die oft an Raserei grenzten, seine Hypochondrie, seine Unbeständigkeit und Veränderlichkeit und überhaupt das sonderbare und nur selten vorkommende Gepräge der Seele dieses Mannes herleiten. Dessen bin ich sicher, daß nachdenkende Leser diesen Umstand wohl erklärlich finden werden; besonders wenn es wahr ist, was so viele berühmte Ärzte, Physiologen und Psychologen fast einmütig versichern, daß nämlich der Vater bei der Zeugung mit seinem Geiste und seinen Gaben einen gewissen, obgleich unerforschbaren Einfluß auf die Embryonen und die daraus zu bildenden Töchter hätte, während die Launen, Laster und Mängel der Mütter sehr stark auf die Söhne wirken, die sie unter dem Herzen tragen". Meier legt dann noch des weiteren dar, daß nach seinen Beobachtungen Basedow, der „je nach Beschaffenheit seiner Lage und rege gewordenen Laune bald ein mutiger Löwe, bald ein grimmiger Tiger, bald ein stolzes und sich bäumendes Roß"[1] gewesen sei, mehr die excentrische Natur der Mutter, seine Schwester mehr das beständige, sich gleich bleibende Wesen des Vaters geerbt habe.[2]

Meiers Standpunkt mag veraltet sein, daß er unbedingt falsch ist, können wir auch nach dem Stande der heutigen Wissenschaft nicht behaupten. Denn die Frage, ob in Hinsicht der Vererbung seelischer Eigenschaften wirklich die Söhne mehr die psychischen Seiten der Mutter

---

[1] Meier S. 165—166.
[2] Ibid.

und die Töchter diejenigen des Vaters anzunehmen geneigt sind, ist heute ebensowenig endgiltig gelöst wie damals vor ca. 100 Jahren, als Meier seine Lebensbeschreibung Basedows herausgab. Im übrigen kann es auch nicht die Aufgabe dieser Zeilen sein, ein Urteil über die Richtigkeit oder Unrichtigkeit der verschiedenen Vererbungstheorieen zu fällen. Wir greifen vielmehr aus den Meierschen Mitteilungen nur die thatsächlichen Momente heraus und halten fest: Basedows Mutter zeigte Spuren von Wahnsinn, und bereits Zeitgenossen Basedows, die ihn kannten, haben ihn von mütterlicher Seite her für psychisch belastet gehalten und auf diese Weise versucht, eine Erklärung für gewisse Seiten seines Auftretens und Charakters zu finden.

Auch Göring hält Basedow für erblich belastet. Doch gründet er seine Ansicht nicht nur auf den krankhaften Geisteszustand der Mutter, sondern zieht noch andere Faktoren in Betracht. „Ein Zug von dem," führt er etwa aus, „was das Grundelement des Enkels ausmachte, eine gewisse Ruhelosigkeit, verbunden mit einem unermüdlichen Thätigkeitsdrang, scheint schon sein Großvater in sich getragen zu haben. Dieser war ein unternehmender Mann und wird als Ostindienfahrer bezeichnet, der sich einen bedeutenden Reichtum erwarb, dreimal seinen Besitz verlor und dreimal sich wieder zu einem ansehnlichen Vermögen emporarbeitete". Nachdem Göring die Charaktere des Vaters und der Mutter Basedows geschildert hat, fährt er dann fort: „Ungünstig nach jeder Richtung waren demnach die Bedingungen, unter denen die beiden Geschwister (Basedow und seine Schwester) sich entwickeln mußten, ein Vater, in welchem ein heftiges Temperament nicht einmal durch den Einfluß der Bildung gemildert wurde, eine Mutter, deren Geist durch hereditäre Belastung oder durch die zerrüttenden Folgen roher Behandlung von Seiten der Umgebung abnorm verdüstert war, Momente, die den aus der Kombination so unglücklicher Elemente entsprossenen Kindern nur eine schlimme Prognose zusichern konnten. Wollen wir also kritisch verfahren, so müssen wir nach den heutigen wissenschaftlichen Erfahrungen über Vererbung, die nicht nur die Uebertragung körperlicher, sondern auch intellektueller und sittlicher Eigenschaften von den Eltern auf die Kinder konstatieren,[1]) eine Reihe verhängnisvoller Züge in Basedows Leben auf die unglückliche Konstitution seiner Eltern zurückführen. Ist ja schon die Psychose

---

[1]) Göring Seite XXI führt als Beweisschriften an: 1) Th. Ribot, die Erblichkeit, eine psychologische Untersuchung. Deutsch von Dr. med. O Holzen. 2) Die Werke Charles Darwins. (Gesammtausgabe, übersetzt von Prof. Dr. Carus. 3) Al. Bain, The emotions and the will. 4) Häckel, Natürliche Schöpfungsgeschichte.

der Mutter eine traurige Thatsache, aus der sich auch bei dem Sohne manches an Geistesstörung grenzende Moment erklären läßt. Basedows Unbeständigkeit, abnorm quälende Ruhelosigkeit, oft wiederkehrende melancholische Depression,[1]) krankhaft gesteigerte Reizbarkeit, sein oft wilder Jähzorn, ja seine Trunksucht, — alles das sind Erscheinungen in seinem Geistesleben, welche die Psychiatrie nur durch Annahme hereditärer Belastung zu erklären vermag. Und die furchtbare Macht der Vererbung psychischer Anomalie ist ja ein Factum, welches sich durch immer neue Dokumente nachweisen läßt.[2]) Nachdem Göring noch die strenge und harte Zucht, welche der Knabe Basedow sowohl zu Hause als auch in der Schule des Johanneums angeblich erleiden mußte, näher besprochen hat, sagt er weiter: „Alle diese Momente trugen dazu bei, seiner Charakterentwicklung eine falsche Richtung zu geben, deren Nachwirkungen sich in späteren Jahren gar nicht verkennen lassen. . . . . Wir müssen uns wundern, daß der Knabe eine Widerstandskraft besaß, die ihn befähigte, so schlimme Einflüsse zu überwinden, denen tausend andere hätten unterliegen müssen. Denn es ist nach den Erfahrungen der ersten psychiatrischen Forscher eine Thatsache, daß die allzustrenge Behandlung eines Kindes den Grund zu einer neuropathischen Konstitution und dadurch zu Irresein legen kann.[3]) Zum Beweise dieses Satzes führt Göring neben Äußerungen Griesingers[4]) und Schüles[5]) auch eine solche von Krafft-Ebing[6]) und von Dagonet[7]) an. Jener sagt: „Eine allzustrenge Behandlung des impressionablen kindlichen Gemütes, welches so empfindungsweich und liebebedürftig ist, kann in erster Linie die Prädisposition zum Irresein schaffen." Dieser schreibt: „Wir glauben, daß übertriebene Strenge, Tadel und Scheltworte für geringe Vergehen, leidenschaftlich harte Behandlung, Drohungen, Schläge rc. die Kinder erbittern, die Jugend auf Abwege führen, den Einfluß der Eltern untergraben, verkehrte Neigungen und sogar Irresein erzeugen". Begegnen wir also — so schließt Göring seine Darlegungen — im späteren Leben Basedows einigen Härten und Anomalieen, so finden wir außer in dem

---

[1]) Von derselben spricht auch Rathmann S. 33.
[2]) Göring S. XXI.
[3]) Derselbe S. 24.
[4]) Griesinger, Die Pathologie und Therapie der psychologischen Krankheiten S. 144—161.
[5]) Schüle, Handbuch der Geisteskrankheiten S. 247—270.
[6]) Krafft-Ebing, Handbuch der Psychiatrie.
[7]) H. Dagonet, Nouveau traité élémentaire et pratique des maladies mentales. S. 474—483.

genannten Momente der ererbten Anlage auch in den Erziehungs=
einflüssen Anhaltepunkte genug zur Erklärung seiner oft recht barock
erscheinenden Individualität.[1])

Beide also, Meier und Göring, halten Basedow in psychischer
Beziehung erblich belastet. Zwischen den Auffassungen beider bestehen
aber wichtige Unterschiede. Meier hält Basedow lediglich von mütter=
licher Seite her für belastet. Göring scheint auch eine erbliche Belastung
von seiten des Großvaters und Vaters anzunehmen. Die Richtigkeit
dieser Annahme würde natürlich sofort hinfällig werden, wenn Basedow
nicht der natürliche Sohn seines Vaters sein sollte. Und auch wenn
er es war, so halte ich es nach meinen obigen Darlegungen über den
Charakter des alten Basedow für nicht wahrscheinlich, daß Basedow
von Vaters Seite her erblich belastet war. Daß er schon von seinem
Großvater einige Eigenschaften, eine gewisse Ruhelosigkeit und einen
unermüdlichen Thätigkeitsdrang geerbt hat, wie Göring meint, wäre
nach der Lehre unserer Vererbungstheorie wohl möglich; denn man
nimmt ja jetzt das sogenannte System der Überspringung an, daß also
z. B. ein Enkel mit Übergehung des Vaters die Fähigkeiten und
Charaktereigenschaften des Großvaters erben kann. Ob aber diese
Theorie bei Basedow angewendet werden darf, erscheint mir schon des=
halb als gewagt, weil die Nachrichten, die wir über Basedows Groß=
vater und dessen Eigenschaften besitzen, doch zu spärlich und zu unsicher
sind, um einen solchen Schluß zu rechtfertigen.

Während ferner Meier der ungesunden häuslichen Erziehung und
der harten und pedantischen Schulerziehung, die Basedow genoß, einen
Einfluß auf die anormale Charakter= und Geistesausbildung dieses
Mannes nicht zugesteht, findet Göring, wie mir scheint, in der ererbten
Anlage nur ein geringeres Moment, in den verderblichen Erziehungs=
einflüssen aber das bei weitem wichtigere Moment zur Erklärung der
„oft barock erscheinenden Individualität" Basedows.

Das Richtige liegt offenbar in der Mitte beider Auffassungs=
weisen. Basedow war sicherlich erblich belastet. Diese ererbte Anlage
wäre aber vielleicht nicht so zur Ausbildung gelangt, wenn sie nicht
durch die Fehler einer harten und überhaupt ganz mangelhaften Er=
ziehungsweise gefördert worden wäre. Beide also, die ererbte Anlage
sowohl, als auch die fehlerhafte Erziehung, haben als gleichwertige
Faktoren ihr Teil dazu beigetragen, um in Basedow Charaktereigen=
schaften zur Entfaltung kommen zu lassen, die allerdings nach den
Beschreibungen seiner zeitgenössischen Biographen hart an die Grenze

---

[1]) Göring S. 25.

des Wahnsinns gestreift haben müssen. Diese Auffassung entspricht auch wohl am meisten dem Standpunkte der heutigen Wissenschaft. Denn soviel mir bekannt ist, nimmt man zwar die Vererbung geistiger und moralischer Defekte an, doch so, daß dieselben allerdings oft durch Vererbung übertragen werden, aber nicht mit Notwendigkeit ererbt werden müssen. Die von Eltern ererbten Anlagen zum Wahnsinn oder zu üblen Charaktereigenschaften können durch spätere günstige Einwirkungen gemildert, beseitigt, oder durch ungünstige Einwirkungen gefördert werden.

Bei Basedow war offenbar das letztere der Fall. Ich stelle daher als höchst wahrscheinlich hin: **Basedow war von mütterlicher Seite hereditär belastet. Diese ererbten Anlagen wurden durch eine unglückliche häusliche Erziehung und eine zu strenge und unangemessene Schulerziehung in ihrer Entfaltung gefördert.** Sie erklären uns manche auffallende und üble Charaktereigenschaften, die Basedow an sich hatte. Seine zeitgenössischen Gegner waren daher im gewissen Sinne im Unrecht, wenn sie in ihren Schmäh- und Streitschriften gegen Basedow, dessen nervöse Reizbarkeit, seine Zanksucht, seinen maßlosen Jähzorn, seine überhastende Eile, seine Trunk- und Spielsucht immer wieder breit traten und dadurch ihn selbst und sein Wirken zu verkleinern suchten.[1]) Alle diese Eigenschaften lassen sich ja bei Basedow nicht wegleugnen, aber sie erklären sich eben aus hereditärer Belastung und müssen daher von einem denkenden Kritiker jedenfalls milder beurteilt werden als dies beispielsweise seitens v. Raumers und der großen Anzahl aller jener Autoren geschehen ist, die bei Abfassung ihrer Lehrbücher und Compendien der Erziehungsgeschichte hauptsächlich aus v. Raumer schöpften, ohne kritisch zu prüfen und ohne sich selbst in den betreffenden Quellenschriften umzusehen.

Aus der folgenden Lebensgeschichte Basedows ist bekannt, daß er schließlich aus dem Elternhause entfloh und im Hause eines Arztes im Holsteinischen Aufnahme fand. Betreffs des Zeitpunktes, auf welchen diese Flucht Basedows aus dem elterlichen Hause zu verlegen ist und hinsichtlich der Gründe, die ihn unmittelbar dazu veranlaßt zu haben scheinen, gehen die Darstellungen der Basedowbiographen, insonderheit auch die Meinungen Diestelmanns und Schmids, auseinander. Die Darstellung des ersteren ist folgende: „Basedow sagt in den „Vierteljährlichen Nachrichten :c." S. 4 ausdrücklich: „Von meiner ersten

---

[1]) Allerdings bilden die genannten Eigenschaften immerhin einen häßlichen Fleck in Basedows Charakter, und man wird sie selbst dann nicht völlig entschuldigen können, wenn man seine Belastung mit in Betracht zieht.

Kindheit an bis in mein achtzehntes Jahr bin ich der Hamburgischen Johannisschule . . . . unterrichtet. Hernach war ich drei Jahre ein Mitbürger des Hamburgischen Gymnasiums." Da nun Basedow im September 1724 geboren ist, so behauptet er also, ununterbrochen bis zum Jahre 1742 die Johannisschule besucht zu haben. Wenn man nun annimmt, daß er vornehmlich aus dem Grunde, um nicht Perückenmacher werden zu müssen, dem Elternhause entlaufen ist, so sind wir geneigt, die Flucht Basedows in den Beginn des Jahres 1742, etwa an das Ende des Schuljahres, zu setzen, als ihm das Schicksal bestimmt drohte, im elterlichen Hause den verhaßten Beruf auf sich nehmen zu müssen. Diese Annahme hat für uns auch aus dem Grunde große Wahrscheinlichkeit für sich, weil aus den Immatrikulationsbüchern des Hamburgischen Gymnasiums nachgewiesen ist, daß Basedow von 1743—1746 das dortige Gymnasium besucht hat. Da es weiter feststeht, daß sein Aufenthalt bei dem Arzte etwa ein Jahr gedauert hat, so wäre dann die nach Basedows obigen Angaben hinsichtlich des Jahres Ostern 1742—1743 vorhandene Lücke völlig und, wie uns scheint, glücklich ausgefüllt. Wir hätten so neben dem ausreichenden Grunde für die Flucht aus dem Elternhause auch die Möglichkeit einer vielleicht nicht ganz von der Hand zu weisenden Vermutung hinsichtlich der Absichten Basedows, als er sich zu dem Arzte begab. Nicht Bedienter (Diener im heutigen Sinne des Wortes) wollte er werden, sondern Famulus (Diener), um, da ihm durch den Widerspruch des Vaters gegen des Sohnes Wünsche, gelehrte Studien zu betreiben, dieser Lebensweg verlegt schien, wenigstens, nach dem Brauche der dermaligen Zeit, in einer Lehrzeit als Gehilfe oder Famulus eines Arztes sich die Fähigkeit zu erwerben, als Chirurg, Feldscheer oder dergl., sei es in die Vorhöfe des von ihm ersehnten höheren Studiums, sei es, auf Umwegen in das Heiligtum selbst einzudringen. Daß ein Mensch von der Charakteranlage Basedows, um nicht in den Stand eines immerhin geachteten Handwerkers einzutreten, den weit tiefer stehenden Beruf eines bloßen Bedienten gewählt haben sollte, erscheint uns völlig ausgeschlossen".[1)]

Die Darlegungen Diestelmanns sind klar und überzeugend. Sie sind völlig neu und widersprechen den Darstellungen sämtlicher anderer Basedowbiographen, welche die Flucht Basedows aus dem Elternhause in die Zeit seiner Knabenjahre, zum mindesten in die Zeit innerhalb seines Besuches der Johannisschule verlegten. Und doch glaube ich, daß die abweichende Meinung Diestelmanns die richtige ist. Ob aller-

---

[1)] Diestelmann, Anhang zu Kapitel 1, S. 18.

dings die Diestelmannsche Darstellung insofern richtig ist, als sie annimmt, daß Basedow hauptsächlich aus dem Grunde aus dem Elternhause entflohen ist, um nicht Perückenmacher werden zu müssen, lasse ich dahin gestellt. Wenigstens widerspricht dem die Darstellung Meiers, der ausdrücklich sagt: „Also väterliche Zucht und der elende Schulunterricht und scharfe Schulzucht erzeugten in unserem raschen Basedow den kühnen Entschluß, sich heimlich aus seines Vaters Haus zu entfernen. Auch diesen merkwürdigen Umstand seines Lebens hat er mir selber oft erzählt".[1]) Wenn es richtig ist, was Diestelmann annimmt, und was wir weiter unten zu beweisen versuchen werden, daß Basedow erst in seinen Jünglingsjahren, etwa im 18. Jahre, aus dem Vaterhause entflohen ist, so hatte er ja schon die höheren Klassen der Johannisschule besucht und war kaum noch zum Berufe eines Perückenmachers bestimmt. Daß eine zu scharfe Schulzucht ihn zur Flucht veranlaßt haben sollte, scheint mir auch wenig einleuchtend. Basedow muß zur Zeit seiner Flucht, wenn er damals schon im 18. Jahre war, bereits in den obersten Klassen, wahrscheinlich in der letzten Klasse der Johannisschule gewesen sein. Und daß in diesen Klassen die Schulzucht noch so scharf gewesen sein soll, um dem jungen Basedow genügenden Grund zur Flucht aus dem Elternhause zu geben, ist doch im höchsten Grade unwahrscheinlich. Im übrigen scheint er ja auch die höheren Klassen der Johannisschule mit einiger Zufriedenheit besucht zu haben,[2]) was eine Flucht wegen zu scharfer Schulzucht noch unwahrscheinlicher macht. Seine Flucht wird daher wohl auch in erster Linie durch die unglücklichen, häuslichen Verhältnisse im Elternhause, vielleicht durch ungerechte und zu harte Züchtigungen seitens seines Vaters, gegen welche sich das Gemüt des jungen Basedow naturgemäß um so mehr aufbäumen mußte, je älter er wurde, veranlaßt worden sein. Die Richtigkeit der Diestelmannschen Darstellung in diesem Punkte erscheint mir also zweifelhaft.

Darin aber hat Diestelmann jedenfalls recht, daß Basedow nicht als Knabe, sondern erst später, und zwar wahrscheinlich im 18. Lebensjahre, aus dem väterlichen Hause entflohen ist. Die Art und Weise der oben dargelegten Beweisführung Diestelmanns für seine Annahme kann ich allerdings nur zum Teil als richtig anerkennen, da ich die wichtigste Prämisse der Diestelmannschen Folgerungen, daß nämlich Basedow vornehmlich aus dem Grunde, um nicht Perückenmacher werden zu müssen, aus dem Elternhause entflohen ist, für zweifelhaft halte. Doch komme ich aus anderen Gründen zu demselben Resultate.

[1]) Meier pag. 179.
[2]) Schmid, Erziehungsgesch. pag. 29. Rathmann S. 5—6.

Die Annahme, daß die Flucht Basedows aus dem Elternhause in die Zeit seiner Knabenjahre zu verlegen ist, halte ich für falsch. Nicht als Knabe, sondern als junger Mensch, und zwar wahrscheinlich zwischen dem 18. und 19. Lebensjahre, ist Basedow aus dem väterlichen Hause entflohen. Für die Richtigkeit dieser Annahme sprechen folgende Gründe:

1. Obenan steht das Zeugnis Rathmanns, der seine Mitteilungen wahrscheinlich aus Basedows eigenem Munde erfahren hatte und ausdrücklich berichtet: „Da Basedow damals (zur Zeit seiner Flucht) s ch o n z i e m l i ch h e r a n g e w a ch s e n w a r",[1]) was ich nur dahin verstehen kann, daß Basedow eben kein Knabe mehr, sondern bereits „ziemlich herangewachsen", also ein junger Mensch war, der sehr wohl die Stelle eines Dieners versehen konnte.

2. Es ist unwahrscheinlich, daß der Arzt einen Knaben längere Zeit gegen den Willen des Vaters in seinem Hause behalten haben sollte. Meier berichtet, daß der Arzt nicht weit von Hamburg gewohnt habe.[2]) Er ist also vielleicht gar dem Vater Basedows persönlich bekannt gewesen. Das würde es, wenn es zutreffen sollte, noch unwahrscheinlicher machen, daß der Arzt den Knaben Basedow gegen des Vaters Willen eine so lange Zeit bei sich behalten haben sollte.

3. Wäre Basedow bei seiner Flucht noch ein Knabe gewesen, so könnte man annehmen, daß ihn sein Vater einfach durch Anwendung der väterlichen Gewalt in sein Haus zurückgebracht haben würde. Daß sein Vater ihn zurück haben wollte, geht unzweifelhaft aus der Erzählung Rathmanns hervor, der ausdrücklich sagt, daß Basedow „nur durch das unablässige, heftige Zureden seines Vaters"[3]) endlich dahin gekommen sei, nach Hamburg zurückzukehren. Eine Anwendung physischer väterlicher Gewalt scheint wegen schon höherer Jahre des Sohnes ausgeschlossen gewesen zu sein.

4. Wenn die Annahme Diestelmanns richtig ist — und nach Basedows eigenen Worten ist sie jedenfalls berechtigt —, daß Basedow bis in sein achtzehntes Jahr ununterbrochen ein Schüler der Johannisschule gewesen ist, so entsteht zeitlich allerdings in Basedows Leben eine Lücke von etwa einem Jahre, die wir uns kaum anders erklären können, als daß er während dieser Zeit bei dem Arzte gewesen ist, da doch sonst von einer solchen Lücke in der Chronologie von Basedows Leben nichts bekannt ist. Bis in sein achtzehntes Jahr, also bis etwa Ende

---
[1]) Rathmann pag. 3.
[2]) Meier pag. 179.
[3]) Rathmann pag. 4.

1741 oder Anfang, vielleicht Ostern 1742, behauptet Basedow die Johannisschule besucht zu haben. Im Mai 1743 war er sicher wieder in Hamburg; denn am 13. Mai genannten Jahres wurde er dortselbst am akademischen Gymnasium immatrikuliert. Es bleibt also die Frage bestehen: Wo war Basedow in der Zwischenzeit?

5. Eine zweite Äußerung Basedows scheint mir mit ziemlicher Sicherheit zu bestätigen, daß er gerade während dieser Zeit, also in und nach dem 18. Jahre bei dem Arzte gewesen ist. Im Archiv seiner Lebensbeschreibung sagt er nämlich: „Ich rede dann (er meint im trunkenen Zustande) erst wahr und derb, dann wahr und unvorsichtig, dann wahr und unsittlich, **weil ich bis ins 18. Jahr unter lauter sehr gemeinen Leuten durch schlechte Redensarten erzogen bin.**"[1]) Vor dem 18. Lebensjahr ist er auch nach diesen Worten kaum im Hause des Arztes gewesen; denn da Basedow „noch in seinem Alter oft gesagt hat, daß er dort die vergnügteste Zeit seines Lebens zugebracht und da zuerst Menschenliebe kennen gelernt habe",[2]) ist kaum anzunehmen, daß er diesen seinen Wohlthäter ohne eine besondere gegenteilige Bemerkung mit unter die „lauter sehr gemeinen Leute" rechnen sollte, unter denen er nach seinen Worten bis zum 18. Jahre gewesen ist. Also ist er wohl später, etwa in der 2. Hälfte des 18. und in der 1. Hälfte des 19. Lebensjahres bei dem Arzte gewesen. Im Alter von 18 Jahren 8 Monaten — im Mai 1743 — ist er aber jedenfalls, wie schon oben bemerkt, wieder in Hamburg gewesen.

Nach dem Vorhergesagten glaube ich also feststellen zu können: **Es ist falsch, die Flucht Basedows aus dem Elternhause in die Zeit seiner Knabenjahre zu verlegen. Dieselbe ist vielmehr zwischen dem 18. und 19. Lebensjahre Basedows, etwa nach seinem Verlassen der Johannisschule und vor seinem Eintritt in das akademische Gymnasium, erfolgt.**

Von dem weiteren Lebenslauf Basedows ist bekannt, daß er 3 Jahre lang, nämlich 1743—1746,[3]) die Gelehrtenschule des Johanneums besuchte. Diese Anstalt war bekanntlich ein Mittelding zwischen Latein= schule und Universität, indem sie ihren Besuchern in der Wahl der

---

[1]) Archiv der Basedowschen Lebensbeschreibung pag. 68.
[2]) Rathmann pag. 4, abgedruckt bei Diestelmann pag. 10.
[3]) Die Richtigkeit dieser Jahreszahlen geht einmal hervor aus Basedows eigenen Worten „Viertetjährl. Nachr." I. Stück, pag. 4 und ist weiter auch aus den Immatrikulationsbüchern des Hamburger akademischen Gymnasiums ersichtlich. Dahin wäre also auch die Angabe Görings zu berichtigen, der Basedow das akadem. Gym= nasium von 1741—1744 besuchen läßt.

Lehrstoffe und Lehrer eine gewisse Freiheit ließ.[1]) Basedow nennt dort Reimarus, den bekannten Verfasser der Wolfenbütteler Fragmente, und seinen Geschichtslehrer Richey, der in der damaligen Zeit als ein angesehener Dichter galt, als diejenigen, deren „Zuhörer er vornehmlich nur"[2]) gewesen sei, und deren „Lehre ihm genützt, deren Zutrauen ihn aufgemuntert und deren Gunst ihn so gefördert habe, daß er zwei Jahre auf der Universität leben konnte".[3]) Die letzten Worte Basedows beziehen sich wohl darauf, daß die beiden vorgenannten Lehrer ihm Stipendien verschafften, ihm Gelegenheit zu allerlei Nebenverdiensten gaben und ihn vielleicht sogar aus eigenen Mitteln unterstützten. Es ist nun die Frage aufgeworfen worden, welcher von den beiden, Reimarus oder Richey, den größten Einfluß auf Basedow ausgeübt habe. Schmid sagt: „Wichtiger (als der Einfluß Richey's) ist jedenfalls der Einfluß von H. S. Reimarus gewesen".[4]) Diestelmann scheint Richey den größeren Einfluß auf Basedow zuzuschreiben. Ich weiß nicht, aus welchen Gründen Schmid annimmt, daß Reimarus derjenige von den beiden Lehrern gewesen sei, der auf Basedow den größeren Einfluß ausgeübt hat. Für mich steht fest, daß dies Richey gewesen ist. Basedow muß für Richey eine ganz besondere Verehrung gehabt haben. Das entnehme ich daraus, daß er ihm nicht nur seine erste Schrift „die Notwendigkeit der Geschichtskunde usw."[5]) widmete, sondern auch seine zweite Schrift, die **epistolae ad Michaelem Richeium**, wie ja schon der Titel erkennen läßt, an ihn richtete. Im Vorwort zu der erstgenannten Schrift sagt Basedow ausdrücklich, daß er fast alles, was er von seinem Zustande als glücklich ansehe, dem Herrn Prof. Richey verdanke[6]) und weiter, daß der

---

[1]) Diestelmann pag. 11.
[2]) Ibid. pag. 11.
[3]) Schmid, Erziehungsgesch. pag. 29.
[4]) Schmid, pap. 30.
[5]) Der vollständige Titel dieser Erstlingsschrift Basedows lautet: „Die Notwendigkeit der Geschichts-Kunde, dem Hochedelgebohrnen und Hochgelahrten Herrn, Herrn Michael Richey, berühmten Lehrer der Geschichte am Hamburgischen Gymnasio, zur Bezeugung seiner dankbegierigen Ehrfurcht gewidmet, von dem Verfasser Johann Bernhard Basedau". Hamburg gedruckt und verlegt von Konrad König. — Eine Inhaltsangabe dieses Schriftchens existiert meines Wissens nirgends. Es war bis dato nur in einem einzigen Exemplar in der Hamburger Bibliothek bekannt. Schon Meier 1791 sagt Band II pag. 262 von dieser Schrift, daß sie zu den seltensten Werken Basedows gehöre und nur in wenigen Exemplaren gedruckt worden sei. Wie ich auf eine Anfrage bei der Großherzogl. Bibliotheksverwaltung erfuhr, befindet sich ein Exemplar dieser seltenen Schrift in der Universitätsbibliothek zu Rostock, das mir in entgegenkommendster Weise zur Benutzung überlassen wurde.
[6]) Die Notwendigkeit der Geschichtskunde ꝛc. pag. 1.

zweijährige, ebenso getreue als gelehrte Unterricht dieses Mannes, sowie seine Wohlthaten und seine Gunst, ihn ihm nicht nur zum Lehrer, sondern auch zum Gönner, Freunde und Vater gemacht hätten.[1]) Ferner sagt er, daß er den Tag als den beglücktesten seines Lebens ehre, da er zuerst den „großen Richey" hörte.

„Drum will ich stets, o teurer Mann,
Den Tag als den beglücktsten ehren,
Da ich den ersten Trieb gewann,
Mein großer Richey, Dich zu hören."[2])

Dann lobt er die hohen Gaben und den unermüdlichen Fleiß Richey's, sowie seinen Vortrag.

„Wer aller Zeiten Not und Wohl,
Wie Du, die Hörer lehren soll,
Der muß auch Deine hohen Gaben,
Und den noch niemals müden Fleiß,
Der jene klug zu brauchen weiß,
Und deine toten Lehrer haben.[3])

Dein Vortrag zeigt die kluge Bahn
Zu allen Ständen Deiner Hörer,
Es macht kein Eigensinn und Wahn
Dich nur für wenige zum Lehrer."[4])

In seiner zweiten Schrift[5]) bezeichnet Basedow Richey, als den=

---

[1]) Ibid. pag. 2.
[2]) Ibid. pag. 34, Strophe 4.
[3]) Ibid. pag. 36, Strophe 1.
[4]) Ibid. Strophe 3.
[5]) Der vollständige Titel dieser Schrift lautet: „Epistolae ad Michaelem Richeium, P. P. virum Praenobilissimum, Celeberrimum II. Jo. Bernh. Basedowi. Additis pueri nobilis octavum annum agentis epistolis III. non emendatis. Hamburgi, typis Jo. Georgii Piscatoris et filii". Dieses Schriftchen war bis 1890 unbekannt. Durch Schmid=Petersburg wurde es unter Beihilfe des Herrn Prof. Th. Schott in der Kgl. Bibliothek zu Stuttgart aufgefunden. Ein zweites Exemplar dieser Schrift scheint nicht zu existieren, da ich bei meinem mehrjährigen Suchen nach Basedow'schen Quellen in fast allen größeren Bibliotheken Deutschlands und auch den bedeutenderen der Nachbarländer kein solches entdecken konnte. Das Stuttgarter Exemplar dieser Basedow'schen Schrift wurde mir ebenfalls freundlichst zur Verfügung gestellt. Diesterinann, neben Schmid jedenfalls der beste Basedowkenner, hat die Schrift offenbar nicht eingesehen. Er führt zwar den Titel richtig an, äußert aber Zweifel an der Richtigkeit des Jahres 1749 als Herausgabejahr der Schrift. Daran ist aber nicht zu zweifeln; denn auf Seite 12, am Ende des Briefes an Richey, hat Basedow das Datum der Herausgabe ausdrücklich bemerkt: Borgh. 1749 die 30. Nov.

jenigen „quem semper amavi".¹) Weiter sagt er zu Richey „Tu, quod pondus (Gewicht, Ansehen in der Gelehrtenwelt) habes"²) und „Fama mea est nulla, at Tua maxima cuncta peragrat",³) endlich „Cujus doctrinae similis non obtigit unus Doctor".⁴) Aus allen diesen Äußerungen läßt sich deutlich erkennen, wo hoch Basedow Richey geschätzt hat, und welchen großen Einfluß dieser auf ihn ausgeübt haben muß. Nun ist ja ohne Zweifel Reimarus von der Nachwelt als der größere der beiden von Basedow so geschätzten Lehrer erkannt worden; aber da mir aus Basedows Schriften keine Stelle bekannt geworden ist — abgesehen von den beiden oben citierten Stellen aus den Viertelj. Nachrichten usw., in denen er Reimarus und Richey beide gleichzeitig als diejenigen seiner Lehrer rühmt, deren Vorlesungen er besonders gehört habe und deren Gunst und Lehren ihm viel genützt hätten — in welcher er in gleichem Maße den Reimarus so feiert als den Richey, von dem er dagegen, wie oben dargelegt, sehr oft in größter Ehrerbietung und mit besonderem Lobe redet, so steht für mich fest: Den größeren Einfluß auf Basedow übte jedenfalls Richey aus, der auch sonst ihm näher gestanden zu haben scheint, als sein Kollege Reimarus.

Nachdem Basedow das akademische Gymnasium verlassen hatte, bezog er die Universität zu Leipzig, woselbst er als Basedau unter dem 12. Mai 1746 Rectore Jo. Erh. Kappio, Eloqu. P. P. inskribiert wurde.⁵) Lange blieb er hier nicht. Nach seinen eigenen Angaben ist er 1748,⁶) nach Schmids Annahme⁷) bereits im Herbst 1747 nach Hamburg zurückgegangen, wo er privatim weiter studierte.⁸) Ich übergehe diesen Abschnitt aus Basedows Leben, weil ich dem, was darüber bekannt ist, nichts Neues hinzuzufügen habe.

Nachdem Basedow einige Zeit privatim in Hamburg gearbeitet hatte, ging er bekanntlich als Hauslehrer zu dem Geheimrat von

---

¹) Epistolae etc. pag. 3. Zeile 5.
²) Ibid. pag. 2. Zeile 3 von unten.
³) 3 Ibid. pag. 3. Zeile.
⁴) 4 Ibid. pag. 8. Zeile 13.
⁵) Nach Angabe Schmids Progr. S. 13. Anm., der als seine Quelle eine diesbezügl. briefl. Mitteilung des † Herrn Geh. Kirchenrates Dr. G. Baur nennt.
⁶) Diestelmann pag. 15.
⁷) Schmid, Programm pag. 14.
⁸) Auch hierin macht Göring S. XXVIII falsche chronologische Angaben, wenn er Basedows Studienzeit in die Jahre 1744—46 verlegt. Seine Angaben sind also, wie oben angegeben, zu berichtigen.

Qualen¹) auf Borghorst in Holstein. Der Zeitpunkt, wann dies geschehen ist, wird sowohl von Göring,²) als auch neuerdings wieder von Diestelmann³) — und alle früheren Basedowbiographen haben es nicht anders gethan — fälschlicher Weise mit 1749 angegeben. Schmid giebt in seiner neuesten Basedowbiographie diesen Zeitpunkt richtig an, indem er sagt: „Gegen Ende des Jahres 1748 nahm Basedow eine Hofmeisterstelle an".⁴) Es erübrigt nur für die Richtigkeit dieser chronologischen Angabe auch den Beweis zu erbringen. In den schon erwähnten „epistolae ad virum Richeium etc." sagt Basedow ausdrücklich: „Ad proxime praecedentis anni exitum Borghorstum advocatus eram".⁵) Da nun dieses Schriftchen nach Basedows genauer Angabe⁶) im November 1749 geschrieben worden ist, so kann gar kein Zweifel darüber bestehen, daß er nicht erst 1749, sondern bereits gegen Ausgang des Jahres 1748 seine Hofmeisterstelle im Hause des Herrn von Qualen antrat, um dessen damals siebenjährigen Sohn Josias zu erziehen und zu unterrichten.

Warum Basedow diese Hofmeisterstelle annahm, sagt er uns sehr ausdrücklich: „Accepi conditionem non eo consilo, quod mihi placeret, diutius in agris latere et languescere, sed ut sine rei familiaris detrimento spatium deliberationi daretur, quod vitae genus maxime sequerer. Dubitavi enim, utrum vita academica scholasticave an, ut ajunt, ecclesiastica magis responderet ingenio moribusque meis.⁷) Als Basedow die Hofmeisterstelle annahm, hatte er sich also noch nicht entschieden, ob er die akademische Laufbahn einschlagen, oder Schulmann, oder Geistlicher werden wollte. Damit wird auch die Behauptung Pinloche's hinfällig, daß Basedow schon im Alter von 23 Jahren, also noch während seiner Leipziger Studienzeit, entschlossen gewesen sei, „sich der Erziehung der Jugend zu widmen und seinen Mitmenschen nützlich zu werden". Pinloche glaubte dies aus einem Briefe schließen zu düfen, den Basedow unterm 14. Mai 1746 — also kurz nach seiner Immatrikulation an der Universität — von

---

¹) Qualen, nicht Quaalen, wie Diestelmann und andere schreiben. Die erste Schreibweise wird als die richtige konstatiert durch eine Privatkorrespondenz des noch lebenden Herrn von Qualen, eines Enkels von Basedows Zögling, auf Wulfshagen in Schleswig-Holstein. Siehe Göring pag. XXX. Anm.
²) Göring S. XXX.
³) Diestelmann pag. 16.
⁴) Schmid, Erziehungsg. pag. 35.
⁵) Epistolae etc. pag. 9.
⁶) Ibid. pag. 12.
⁷) Ibid. pag. 9.

Leipzig aus an seinen Gönner Richey richtete, und in dem er sagt, er mache sich darauf gefaßt, „den Hauptzweck seines Studiums, die bestmögliche Erkenntnis der zur Moral und Gottesgelehrtheit gehörigen Wissenschaften — — — sowohl auf der Kanzel als auf dem Schulkatheder und in Erziehung junger Leute zu gebrauchen."[1]) Aus diesem Briefe geht aber höchstens hervor, daß Basedow auch schon damals mit der Möglichkeit rechnete, sich vielleicht einmal dem Lehrberufe zu widmen. Irgend welche feste Absichten betreffs seiner Berufswahl hat er aber zu jener Zeit noch nicht gehabt. Als er von Leipzig nach Hamburg zurückgekehrt war, hat er dort noch gepredigt.[2]) Es ist also wahrscheinlich, daß er damals den Gedanken, sich dem geistlichen Berufe zu widmen — was sein Vater besonders wünschte[3]) — noch nicht unbedingt aufgegeben hatte. Und wie bereits bemerkt, ist er eben, was klar aus der oben citierten Stelle aus den epistolae ad Richeium etc.[4]) hervorgeht, auch beim Antritt seines Hofmeisteramtes noch nicht über seinen künftigen Beruf nach einer bestimmten Richtung hin entschlossen gewesen. Da er aber während seiner Hauslehrerzeit bereits die unten genannten pädagogischen Schriften herausgab und vorzüglich, weil er von seiner Hofmeisterstelle aus direkt sein Lehramt an der Ritterakademie zu Soroe antrat, so muß als sicher bezeichnet werden: **Die bestimmte Absicht, sich dem Schul- und Lehrberufe zu widmen, hat Basedow erst während seines Aufenthaltes im v. Qualen'schen Hause gefaßt.**

Es muß ihm hier gut gefallen haben. Denn von Borghorst aus schreibt er an Richey: Omnibus in praesens optandis rebus abundo.[5]) Offenherzig ist auch sein Geständnis bezüglich der Art und Weise seines Privatstudiums dort: Multa legenda sumo, de multis perlego pauca; Sic animus suadet, sic et mea lumina poscunt.[6]) Nach den letzten Worten: „Und so fordern meine Augen" scheint Basedow also auch schon in seinen jüngeren Jahren an Schwachheit der Augen gelitten zu haben, worüber er im späteren Alter oft und nachdrücklich klagt. Es ist bekannt, daß es Basedow vom Jahre 1763 an nicht mehr möglich war, die Manuskripte seiner Werke selbst zu schreiben, sondern

---

[1]) Pinloche, pag. 457 ff. Siehe auch Diestelmann pag. 102.
[2]) Diestelmann, pag. 14.
[3]) Siehe Meier pag. 187.
[4]) Pinloche hat die epistolae etc. und folglich auch die besagte Stelle daraus nicht gekannt. Hierdurch ist seine irrige Annahme genügend erklärt.
[5]) Epistolae pag. 1. Zeile 10.
[6]) Ibid. Zeile 16—17.

er war wegen der zunehmenden Schwäche seiner Augen gezwungen, sie andern zu diktieren.¹)

An die epistolae ad Richeium sind 3 Briefe angefügt, die Basedow nach dem Diktat seines Schülers Josias v. Qualen geschrieben hatte, da der damals 7½jährige Knabe die Orthographie nicht genügend kannte und seine Hand noch nicht fest genug zum Schreiben war.²) Aus diesen Briefen scheint mir zweierlei beachtenswert. In dem zweiten Briefe an Richen teilt er diesem mit: „Scio de Deo, illum non fuisse creatum, esse ab aeternitate, nunquam finem, nunquam habere initium, esse sapientem et veracem. Omnia facere potest nutu suo. Si dicit: pluat: pluit!"³) Basedow scheint hiernach seinen Religions= unterricht damit begonnen zu haben, daß er seinem Zögling zunächst gewisse Begriffe von dem Wesen und den Eigenschaften Gottes, von der Ewigkeit, der Allgüte, Allweisheit, Allmacht usw. nahe zu bringen suchte. Ich halte dies Verfahren für die Folge einer Locke'schen Be= einflussung,*) der ausdrücklich fordert: „Als Grundlage der Tugend sollte seinem Gemüt sehr frühe ein rechter Begriff von Gott als dem unabhängigen höchsten Wesen, dem Urheber und Schöpfer aller Dinge, von welchem wir alles empfangen, was wir besitzen, der uns liebt, und der uns alle Dinge giebt, eingeprägt werden. Das ist für den Anfang genug."⁴) — Weiter berichtet der Knabe in seinem ersten Briefe an die teuerste Tante „amita carissima": . . . . . mea mater mox paritura filium aut filiam.⁵) Es ist bekannt, daß Basedow später forderte, man sollte den Kindern in züchtigen Ausdrücken die Zeugung, die Schwanger= schaft und die Geburt erklären; denn die Lügen, daß das Brüderchen vom Storche gebracht oder aus dem Brunnen geholt sei, verwirrten den kindlichen Verstand mehr als man denken sollte. Es sei das ver= kehrt; denn ehe die Kinder die Kenntnis von der Zeugung mißbrauchen können, haben sie dieselbe meistenteils auf eine gefährlichere Art erlernt, als durch den wahren Unterricht der Eltern und Lehrer geschehen sein

---

¹) Diestelmann, S. 40.
²) Epistolae pag. 10—11. Addam praeter pauca de epistolis a puero mihi dictatis (quo minus enim ipse scribat et Orthographiae imperitia obstat, et manus ad litterarum picturam nondum satis confirmata et assuefacta) usw.
³) Ibid. pag. 19.
*) Ich möchte an dieser Stelle allerdings noch bemerken, daß sich die Ähnlich= keit ihrer Anschauungen vielleicht auch ohne direkte Beeinflussung, etwa aus dem religions=philosophischen Standpunkte beider erklären ließe. Anm. d. Verf.
⁴) Locke: § 136.
⁵) epistolae pag. 13.

würde.¹) Ich nehme infolge der obigen Äußerung des Knaben an, daß Basedow eine ähnliche Anschauung, wenn vielleicht auch nicht in so bestimmter Weise, wie er es dann 1764 in der Philalethie thut, bereits in früheren Jahren vertreten hat. Offenbar hat er sich auch mit seinem Zögling in Borghorst schon über die Geburt in freier, wenn auch belehrender Weise unterhalten. Sonst könnte er den siebenjährigen Knaben schwerlich an seine Tante schreiben lassen: „Meine Mutter wird nächstens einen Sohn oder eine Tochter gebären".

Was Basedow dann weiter in den epistolae ad Richeium noch über seine Methode des Lateinunterrichtes sagt, hat Schmid bereits an zwei Stellen²) mitgeteilt. Ich übergehe es deshalb und komme zu Basedows Doktordissertation: Inusitata et optima honestioris juventutis erudiendae methodus, mit der er 1752 in Kiel magistrierte.³)

Die Arbeit ist einem gewissen Herrn Johannes von Pechlin, Geheimrat des russischen Großfürsten und Herzogs von Schleswig-Holstein gewidmet.⁴) Sie zerfällt in vier Teile. Kapitel I. De vulgo vitiose in Methodo coeptis. Kapitel II. Methodus inusitata et naturalis omnium scholasticorum studiorum, inprimis linguae Latinae. Kapitel III. Prima Syntaxeos Latinae, captui ejus, qui

---

¹) Philalethie Bd. 1 pag. 384—385.
²) Programm pag. 14—18 und Erziehungsgeschichte pag. 35—39.
³) Göring bemerkt Seite XXXII Anm., daß er trotz der vielseitigsten Bemühungen kein Exemplar dieser Schrift habe erlangen können, und daß sie nicht einmal in der Universitätsbibliothek in Kiel vorhanden sei. Hahn fand ein Exemplar dieser Basedow'schen Arbeit in der Kgl. Bibliothek in Berlin, das nach ihm auch Gösgen, Dieselmann und Schmid benutzten. Ein 2. Exemplar dieser seltenen Schrift, das Pinloche bei seinen Arbeiten benutzte, ist in der Pariser National-Bibliothek vorhanden. Unter dankenswerter Beihilfe des Herrn Oberbibliothekar Bruun fand ich noch ein 3. Exemplar der Basedow'schen Dissertation in der Kgl. Bibliothek zu Kopenhagen. Es wurde mir von dem genannten Herrn in der zuvorkommendsten Weise zur Benutzung überlassen. Der vollständige Titel der Schrift lautet: Pro summis in philosophia honoribus rite consequendis Inusitatam eandemque optimam honestioris juventutis erudiendae methodum, tum in reliquis studiis scholasticis, tum praecipue in lingua Latina; sub divinis auspiciis, ex decreto et consensu amplissimi philosophorum ordinis, praeside viro amplissimo Jo. Chr. Hennings, P. P. O., anno, MDCCLII die VII. Junii h. l. qu. c. publice dijudicandam dabit Joannes Bernardus Basedow. Kiliae litteris G. Bartschii, acad. typ. 4°, 40 pp. 1752.
⁴) Die Widmung lautet: Illustrissimo atque excellentissimo Domino, Domino Johanni a Pechlin, Nobili a Loevenbach S. R. J. Banderesio et Libero Baroni, Caesareae Celsitudinis, Magni Russorum Ducis, ac Ducis Holsatiae et Slevici cet. cet. a consiliis intimis Ordinum Auratorum S. Alexandri Newfski et Annae Equiti, Maecenati ac Domino Meo Devoto Colendo.

usu linguae facultatem et auctorum intelligentiam sibi comparavit, accomodatae delineatio. Kap. IV. Quarumdam objectionum dubiorumque rejectio, instituti paucis sed illustrissimis testimoniis probatio. Gleich im Vorwort sagt Basedow, daß seine Methode zwar nicht ganz neu, sondern nur ungebräuchlich sei.[1]) Über die sittliche Erziehung der Knaben will er in der Dissertation nicht sprechen, da Salomo, Siracides (Jesus Sirach?), Plutarch, Quintilian, Rollin, Locke, Sulzer und andere hierüber „klug und eingehend" geredet haben."[2]) Daraus geht zunächst hervor, daß Basedow mit der Locke'schen Erziehungstheorie bekannt war. Da er nicht Englisch verstand, so wird er Locke's Buch über Erziehung jedenfalls aus der Übersetzung des Olearius, die bereits 1708 erschienen war, gekannt haben.[3]) Am Ende der Dissertation giebt uns Basedow über seine Quellen einigen Aufschluß. Er nennt hier Locke und Morhof, sowie auch Erasmus und Geßner als seine Gewährsmänner.[4]) Besonders hat er geschöpft aus Locke und Geßner, auf welchen letzteren er schon durch Reimarus hingewiesen worden sein soll.[5]) Geßner seinerseits hat wiederum aus Locke geschöpft. Wenigstens sagt er selbst, er habe Locke in seiner Jugend gelesen, und es sei wohl möglich, daß er ihm, Locke, die Überzeugung von der Ungereimtheit des

---

[1]) Dissertation, Seite 1: Etenim studiorum puerilium methodum, non inauditam eam quidem, sed inusitatam tamen, publice propono examinandam.

[2]) Ibid. S. 2. De virtutibus puerorum moribusque formandis ea non repetam, quae Salomo, Siracides, Plutarchus, Quintilianus, Lockius, Rollius, Sülzerus alii prudenter et compiose monuerunt.

[3]) Der Titel dieser Schrift lautet: „Herrn Johann Locks Unterricht von der Erziehung der Kinder, aus dem Englischen; nebst Herrn von Fénélon, Erzbischoffs von Cammerich, Gedanken von Erziehung der Töchter aus dem Französischen übersetzt. Mit einigen anmerkungen und einer vorrede. Leipzig, bei Thomas Fritschen, 1708." Siehe Schmid Erzhg. S. 41. Nach Jöcher=Rotermund III, S. 2016 giebt es auch eine Ausgabe davon Hannover 1720. Diese beiden Übersetzungen scheinen der Grund gewesen zu sein, daß Lockes Erziehungstheorie in Deutschland sehr bekannt wurde. Daß Locke in der That bereits vor Basedow sehr bekannt in Deutschland war, sucht Diestelmann S. 103—104 Anm. 16 nachzuweisen. Ich füge seinen Ausführungen Folgendes hinzu: Vor mir liegt eine alte Schrift betitelt: Singulares quasdam clarissimorum virorum methodos recenset Georgius Gothofredius Kuster, Scholae Tangremund. Rector. Tangremundae (Tangermünde) Mart. 1720. Auf S. 12 spricht der Verfasser von Locke, dessen methodus tot tantisque summorum virorum elogiis est celebrata usw. Locke ist hiernach also schon in den ersten Jahrzehnten des 18. Jahrhunderts in Deutschland wohl bekannt gewesen.

[4]) Dissertation S. 38 A restitutis litteris fuere semper quidam viri, qui eadem, quae proposui, senserunt, approbarunt et suaserunt. Adeat Morhofium Lockiumque, qui copiose nomina haec et exempla ab iis praestita intueri vult. Sufficiant mihi 1) Erasmus . . . 2) Gesnerus.

[5]) Schmid Erzhg. S. 41.

syllabizare vocabula singularia discere, declinare etc. zu verdanken habe.[1]) Inwieweit Basedow nun direkt Locke benutzt oder indirekt durch Gesner aus Locke geschöpft hat, dürfte im einzelnen nicht festzustellen sein. Thatsächlich aber ist die ganze Dissertation Basedows von Locke'schem Geiste erfüllt und führt besonders hinsichtlich der Methode des Lateinunterrichtes lediglich Locke's Anregungen weiter aus. Zum Beweis diene folgende Vergleichung der Basedow'schen und Lockeschen Forderungen.

Basedow fordert, daß vornehme Knaben einen verständigen und nicht ungelehrten Hofmeister haben sollen, der in geistvollem Spiel, seinem Scherz und mit Bedacht gewählten Erzählungen, in verständiger Erklärung der sinnlichen Gegenstände und ihrer Ursachen, in freundlicher und ernster Ermahnung die Knabenseele mit vielen Dingen ausrüstet, die den strengeren Studien und den Pflichten des Lebens dienen.[2]) „Gleich nach der Gewöhnung", sagt er an anderer Stelle, „soll der Knabe einen gelehrten, verständigen, vornehmlich milden und humanen Hofmeister bekommen, der den größten Teil des Tages bei ihm ist, ihn durch Mienen, Gebärden und Worte belehrt, leitet, bessert und durch Wohlthun seine Liebe, durch weises Handeln seine Achtung, im Notfall und nach schwerer Verschuldung durch ernstes Strafen seine Furcht weise zu erregen, zu befestigen und zu steigern weiß."[3])

In ähnlicher Weise fordert Locke: „Sobald die Kinder zu sprechen beginnen, sollen sie einen verständigen, bedachtsamen, ja weisen Mann um sich haben, dessen Sorge es wäre, sie recht heranzubilden und sie vor allem Bösen zu bewahren, besonders vor der Ansteckung durch schlechte Gesellschaft. Dieses Amt erfordert aber große Bedachtsamkeit, Mäßigkeit, Besorgtheit, Fleiß und Vorsicht".[4]) „Suche einen Erzieher," schreibt er an anderer Stelle, „der es versteht, des Zöglings Sitten mit Bedacht zu bilden. Übergieb ihn einem Manne, bei dem Du, soviel als möglich, seine Unschuld sichern, die guten Neigungen in ihm hegen und pflegen, die schlechten aber auf sanfte Weise bessern und ausrotten und gute Gewohnheiten ihm einpflanzen kannst".[5]) „Wer es über sich nimmt", sagt Locke weiter, „junge Leute heranzuziehen, besonders junge Edelleute, der sollte etwas mehr in sich haben als Latein, mehr selbst als eine Bekanntschaft mit den freien Wissenschaften. Er sollte eine

---

[1]) Schmid, Erzhg. pag. 24.
[2]) Diss. § 2, bei Schmid Programm pag. 22,
[3]) Ibid. § 16. Siehe auch Schmid pag. 28.
[4]) Locke § 90.
[5]) Ibid.. § 147.

Persönlichkeit von hervorragender Tugend und Einsicht sein und bei einem gesunden Verstand eine gute Gemütsstimmung und das Geschick besitzen, sich in würdiger, angenehmer und freundlicher Art in beständigem Verkehr mit seinen Zöglingen zu halten."[1]

Indem er seine Ausführungen mit dem Locke'schen Satze begründet: „Alles Erkennen fängt an mit den Sinnen, und die Erfahrung ist die Lehrerin der Dinge," eifert Basedow gegen das Jagen nach unverstandenen Worten und dringt beim Unterricht auf Sacherkenntnis.[2] Ohne Sacherkenntnis bleibt vieles im theologischen und philosophischen Unterricht nur ein tönendes Erz und eine klingende Schelle.[3] Nur soviel faßt der Verstand des Knaben, quantum praeceptor vel ex rebus sensui subjectis vel ex earum descriptione sine saltu rite, recte, perspicue demonstrare valet.[4] Unverstandene Dinge aber dürfen dem kindlichen Gedächtnis nicht zugemutet werden.[5] Basedow dringt also darauf, daß der Unterricht anschaulich und dem geistigen Standpunkte des Kindes angemessen sein soll. Auch Locke verlangt, daß die Knaben erst in den Gebieten „sachlicher Kenntnisse" unterrichtet werden, welche „auf sinnlicher Erkenntnis" beruhen. Er schreibt ebenfalls gegen ein zu frühes Befassen mit abstrakten Begriffen, in denen das Kind doch nur „harte Worte und leeren Schall" finde.[6] Endlich fordert er auch ausdrücklich, daß der Unterricht anschaulich sei. „Denn von sichtbaren Gegenständen", sagt er, „spricht man zu den Kindern vergebens und ohne Befriedigung für sie, so lange sie keine Vorstellungen davon haben; diese letzteren werden aber nicht durch Klang erzeugt, sondern durch die Gegenstände selbst oder deren Abbilder."[7]

Weiter spricht Basedow davon, daß das Lehren der Buchstaben, das Zusammensetzen der Silben und Lesenlernen nicht etwa durch Zwang so geschehen dürfe, daß der Knabe durch diese Übungen einen Ekel gegen die Studien und Bücher empfange und denselben auch gegen sein ganzes Leben bewahre.[8] Der Knabe soll vielmehr auf eine solche Weise Lesen und Zählen lernen, daß er gar nicht merkt, daß er lernt, außer an dem Erfolge.[9] Ganz in ähnlicher Weise fordert Locke: „Man

---

[1] Ibid. § 177,2.
[2] Dissertation § 4.
[3] Ibid. § 3. Bei Schmid Progr. pag. 22.
[4] Ibid. § 4.
[5] Ibid. § 5. In summa: Non intellecta memoriae mandanda non sunt.
[6] Locke § 166.
[7] Locke § 156. Vergleiche auch § 161.
[8] Dissertation § 2.
[9] Ibid. ...... ut nisi effectu se discere, discipulus non animadvertat.

darf den Kindern das Lesenlernen nie als eine Aufgabe auferlegen und ihnen keine Belästigung daraus machen".¹) Das Kind soll im Lernen ein Vergnügen finden.²) Ferner sagt er: „Ich habe mich immer mit dem Gedanken getragen, man könne aus dem Lernen den Kindern ein Spiel und eine Erholung machen und sie dahin bringen, daß sie verlangen, unterrichtet zu werden, wenn man dies ihnen als eine Sache der Ehre, des Lobes, des Vergnügens und der Erholung nahe bringt.³) Auch nach Locke soll das Lehrverfahren frei von jedem Zwang sein. „Nichts", sagt er, „von dem, was die Knaben zu lernen haben, sollte je zu einer Last für sie gemacht werden".⁴) Er fügt noch die richtige Bemerkung hinzu, daß man durch Zwang Kinder, gleichwie Erwachsene, dazu treibe, Abneigung selbst gegen dasjenige zu fassen, was ihnen sonst angenehm ist.⁵)

Die beste und natürlichste Methode des Lateinunterrichts ist nach Basedow die Sprechmethode. Wenn es möglich ist, soll der vornehme Knabe mehrere Hofmeister haben, deren erster mit ihm von der Wiege an in der Muttersprache sprechen soll, während der zweite mit ihm von Jugend auf lateinisch und der dritte französisch reden soll.⁶) Wenn aber der Knabe nur einen Hauslehrer hat, so soll dieser mit ihm an gewissen Tagen oder Stunden lateinisch, an anderen deutsch sprechen. Den größeren Teil der Zeit muß der Hofmeister jedoch der Unterhaltung in der lateinischen Sprache zuerteilen; denn der Knabe hört wohl von vielen anderen die deutsche Sprache, aber nur von seinem Lehrer allein die lateinische.⁷) Besondere Lektionen sind, wenigstens in den ersten Jahren nicht nötig. Die gelegentliche Unterhaltung beim Spiel und beim Spaziergang ist die Hauptsache. Der Knabe wird deutsch und lateinisch in allen möglichen Disciplinen unterrichtet. Durch Erklärung der Namen und Ursachen der Gegenstände im Hause, in der Küche, in der Landwirtschaft, in der Kleidung, in den Handwerken und im Handel wird ihm der deutsche sowohl, als auch der lateinische Vokabelschatz nahe gebracht.⁸) In derselben Weise verlangt Locke, daß

---

¹) Locke § 148.
²) Locke: Widmungsbrief zu seinen Gedanken über Erziehung, pag. 6. Vergleiche auch Gedanken § 195.
³) Geb. § 148.
⁴) Ibid. §§ 73 u. 148.
⁵) Lockes Unterrichtslehre von Ilarian Velculescu. S. 9.
⁶) . . . . ut unus vernacule, alii ab incunabilis ejus latine et gallice cum illo loquerentur.
⁷) Dissert. § 16.
⁸) Ibid. §§ 18 u. 19.

die Aneignung der fremden Sprache „durch fortwährendes Sprechen und täglichen Verkehr und nicht nach grammatischen Regeln" geschehen soll.¹) Und zwar will Locke diese Art des Sprachenlernens nicht nur auf das Französische, sondern auch auf das Lateinische angewendet wissen. „Es müßte ein Wunder sein", sagt er, „wenn Eltern, welche die Erfahrung am Französischen gemacht haben, nicht der Ansicht wären, Latein müsse auf dieselbe Weise gelernt werden, nämlich durch Sprechen und Lesen."²) „Wenn man daher einen Mann bekommen könnte", schreibt er weiter, „der selbst gutes Latein spräche, immer um Deinen Sohn wäre und fortwährend mit ihm nichts anderes spräche und ihn nichts anderes sprechen und lesen ließe, so würde dies die rechte und wahre Art sein, die auch ich vorschlagen möchte, nach der ein Kind ohne Anstrengung und Zank sich diese Sprache aneignen könnte.³) Ferner verlangt Locke noch, daß der Knabe durch gelegentliche Unterhaltung in den verschiedenen Wissenschaften, in der Geographie, Astronomie, Anatomie und Geschichte lateinisch unterrichtet werde. „Wenn ein Kind lateinisch lernt", sagt er an einer anderen Stelle, „kann es auch gleichzeitig in andere Wissenschaften Arithmetik, Geographie, Geschichte usw. eingeführt werden. Denn wenn ihm diese in lateinischer Sprache, sobald es dieselbe zu verstehen beginnt, gelehrt werden, wird es sich eine Kenntnis in diesen Fächern aneignen und die Sprache noch obendrein."⁴)

Aus der kurzen Gegenüberstellung der Basedow'schen und Lockeschen Unterrichtstheorie können wir ersehen, daß beide Männer in ihren Hauptforderungen eine auffallende Verwandtschaft zeigen. Ich fasse noch einmal kurz die vornehmlichsten pädagogischen Forderungen, in denen sie übereinstimmen, zusammen:

1) Beide fordern für den jungen Edelknaben die Erziehung durch einen Hofmeister,

2) Beide dringen im Unterrichte auf Sacherkenntnis und Anschaulichkeit,

3) Beide fordern, daß das Lernen dem Zögling in seiner Jugend nicht als Aufgabe und Zwang erscheine, sondern daß ihm vielmehr damit Freude und Vergnügen bereitet werden,

4) Beide betonen für das Erlernen fremder Sprachen, speciell des Lateinischen, die Notwendigkeit und Richtigkeit der Sprechmethode,

---
¹) Geb. § 162.
²) Ibid. 163.
³) Ibid. § 166.
⁴) Ibid. § 177.

5) Beide wollen, was sich aus der Anwendung der Sprechmethode erklärt, ihren Zögling auch in den Realien lateinisch unterrichtet wissen.

Wie bereits bemerkt, giebt Basedow neben Locke auch Morhof, Erasmus und Geßner als Quellen seiner Dissertation an. Er hat wahrscheinlich auch noch — was zu beweisen nicht im Rahmen dieser Arbeit liegt — den Comenius benutzt. Doch glaube ich aus der oben bewiesenen Übereinstimmung der Hauptforderungen Basedows und Lockes folgern zu dürfen: **Die Hauptquelle der Basedow'schen Dissertation war John Locke.**

Die Methode, die Basedow als Hauslehrer in Borghorst befolgte, und die Erfolge, die er mit derselben erzielte, hat er außer in den epistolae ad Richeium und in seiner Dissertation noch in einer dritten Schrift beschrieben.[1] Die Schrift ist zwar in dem Schröder'schen[2] und Göring'schen[3] Verzeichnis der Schriften Basedow's angeführt, allein gesehen hat sie keiner der beiden Autoren, was daraus hervorgeht, daß sie beide den Titel des Werkchens falsch angeben. Auch Schmid sagt von dieser

---

[1] Dieses bis jetzt unbekannte Schriftchen suchte ich, nachdem ich erfahren hatte, daß es in den Bibliotheken von Hamburg, Berlin, Wien, München, Dresden, Stuttgart usw. nicht vorhanden sei, zunächst in den größeren Bibliotheken Schleswig-Holsteins, weil ich mit Recht wohl annehmen durfte, daß es seiner Zeit dort am meisten verbreitet gewesen sein müßte. Allein weder in den städt. Bibliotheken von Altona, Kiel, Lübeck usw. noch in der Gymnasialbibliothek in Altona war es zu finden. Auf eine Anfrage teilte mir schließlich Herr Oberbibliothekar Brunn, Kopenhagen, mit, daß das Schriftchen in der Kgl. Bibliothek dortselbst vorhanden sei. Es umfaßt nur 12 Druckseiten, ist auf leichtem Papier gedruckt und ohne Umschlag, gleicht also mehr einer Flugschrift und konnte daher erklärlicher Weise leicht verloren gehen. Basedows zeitgenössische Biographen, Meier und Rathmann, haben offenbar das Schriftchen schon nicht mehr gekannt. — In der Stadtbibliothek zu Lübeck fand ich übrigens noch eine 2te kleine, bis jetzt völlig unbekannte Schrift Basedows: „Erbauliche Vorstellung bei der im Fürstentum Anhalt-Dessau am 28. Febr. 1772 vollzogenen Lebensstrafe eines Vatermörders. Geschrieben von Johann Bernhard Basedow". Das Werkchen ist ohne größeren, pädagog. Wert, und eine Besprechung desselben gehört nicht zur Aufgabe der vorliegenden Arbeit. Nur soviel: Diese Basedow'sche Schrift hat nach dem Vorwort den Zweck, eine Forderung zu erfüllen, die Basedow im ersten Teile des Methodenbuches, 2. Ausgabe, S. 396 ausspricht, wo er sagt: „Die Exekutionen der Missethäter wirken zu wenig, wenn nicht unter Aufsicht des Staates, damit die Erzählungen nicht verführerisch werden, irgend ein der Moral kundiger Mann aus den Akten jedesmal einen Bogen bekannt macht, um durch Warnung vor den ersten Quellen der Verbrechen die Exekution lehrreich zu machen". Basedow bezeichnet selbst das genannte Werkchen als die erste Erfüllung seiner Forderung.

[2] Schröder, Lexikon Hamburger Schriftsteller S. 154.

[3] Göring pag. 513.

Arbeit Basedows, daß sie bisher nicht aufgefunden worden sei,[1]) und ebenso bezeichnet Diestelmann die Schrift als wahrscheinlich verloren gegangen.[2]) Der richtige Titel lautet: „Kurze Nachricht in wie ferne die Lehrart des Privat-Unterrichts, welche in meiner Disputation unter dem Titel: Inusitata eademque optima honestioris inventutis erudiendae methodus, vorgeschlagen worden, wirklich ausgeübet sei, und was sie gewirket habe, von Johann Bernhard Basedow, M. Hamburg, gedruckt mit Piscators Schriften. 1752". Das Schriftchen gewährt uns nicht unwichtige Aufschlüsse über die von Basedow in seinen Hauslehrerjahren befolgte Methode. Der Inhalt ist kurz folgender.[3])

Basedow beschreibt uns zunächst kurz seinen Zögling. Als Basedow nach Borghorst kam, konnte der Knabe gut deutsch und etwas französisch lesen. Er besaß ein munteres Wesen, eine schnelle Auffassungsgabe und war sehr ehrliebend. Doch war der Knabe nur schwer dahin zu bringen, etwas aus einem Buche, weder einzelne Wörter, noch zusammenhängende Stücke, auswendig zu lernen.[4]) Weiter erzählt uns Basedow, daß er damals, „was nämlich die täglichen Unterredungen anbetrifft", selbst eine schlechte Fertigkeit in der lateinischen Sprache gehabt hätte. Weil er nun auf Anraten des Vaters seinen Zögling durch Unterredungen Latein lehren sollte, so mußte er zunächst auf Mittel und Wege sinnen, sich selbst Fertigkeiten in dieser Sprache, eine „gehörige Richtigkeit und Zierlichkeit derselben" zu erwerben.[5]) Wie Basedow dabei verfuhr, lasse ich ihn selbst erzählen: „Ich lernte gleich anfangs ein Vokabelbuch von solchen Wörtern, die im gemeinen Umgange vorkommen, auswendig. Ich übersetzte alle Tage gewisse Stellen aus Büchern, die von dergleichen Sachen handelten, als Comödien, Gespräche usw. schriftlich, nämlich sowohl aus dem Deutschen in's Lateinische, als auch aus dem Lateinischen in's Deutsche. Bei zunehmender Fertigkeit konnte ich es schon mündlich thun. Fast niemals legte ich Hederici Promtuarium, und Fabri Thesaurum aus den Händen. Kromaiers, Langens, Erasmi und Corderi Gespräche, und Terenzens Comödien lernte ich durch vieles Lesen fast auswendig.

---

[1]) Schmid Erzhg. pag. 38.
[2]) Diestelmann pag. 103 Anm. 13.
[3]) Teilweise ist der Inhalt dieses Schriftchens, was sich ja auch schon aus dem Titel erklärt, indentisch mit dem der Dissertation, weshalb wir der Vollständigkeit wegen manche Gedanken wiederholen müssen, denen wir bereits bei der Besprechung der Inusitata etc. begegneten.
[4]) Nachricht ꝛc. § 1.
[5]) Ibid. § 2.

Castalio war meine Bibel, Thomas a Kempis, wie er von demselben übersetzt ist, war mein Gebetbuch. Den Cicero, Plinius, Castalions biblische Gespräche, Erasmi von den Sitten, Comenii Januam, Suetonium Tranquillum, Ernesti Initia, viele Teile von Wageuseilii Pera und viele andere Bücher las ich eine Zeit lang mit derjenigen Absicht und Aufmerksamkeit, daß ich mich fertiger machen möchte, von allen Hausumständen und den Anfangsgründen der Wissenschaften in gutem Latein zu reden. Ich las deutsche Fabeln und Historien und erzählte sie mir selbst wieder auf lateinisch. Sobald ich nicht las, übersetzte ich fast alle meine Gedanken stillschweigend bei mir selbst. Saß ich bei Tische, oder war ich in Gesellschaften, woselbst etwas gesprochen wurde, woran ich keinen sonderlichen Anteil hatte, so übersetzte ich diese Gespräche gleichfalls in meinen Gedanken, damit nach und nach alle Gattungen der Dinge vorkommen sollten, und ich sehen möchte, in welcher Gattung mir die Wörter und Redensarten fehlten. Diese schlug ich hernach auf, schrieb sie auf eine Tafel und wiederholte sie solange, bis ich sie wußte. Dies war eine Arbeit, die zwar meine Fertigkeit im Lateinischen förderte, aber meinen Kräften einen merklichen Schaden gethan hat. Denn die einförmige Denkungsart, alles zu übersetzen, wurde mir so gewöhnlich, daß ich weder beim Essen, noch in Gesellschaften, wenn ich auch wollte, mich davon befreien konnte. Ja, es begegnete mir nicht selten, daß ich von Gesellschaften, deren Gespräche ich übersetzte, träumte und also auch nicht im Schlafe ohne Arbeit war, wodurch aber meine Gesundheit nicht wenig angegriffen wurde".[1])

Nachdem Basedow uns so erzählt hat, auf welche Weise er sich selbst zunächst Fertigkeit im Lateinreden zu erwerben suchte, beschreibt er uns auch die Methode näher, die er beim Unterricht des Knaben von Qualen in Anwendung brachte. Zunächst übte er seinen Zögling im Lateinischlesen, sowohl dessen, was gedruckt war, als auch dessen was ihm sein Lehrer an die Tafel schrieb. Das Verhältnis des Knaben zu seinem Hofmeister war mit Absicht so eingerichtet, daß es keine Schuldigkeit, sondern eigener Trieb schien, wenn er bei ihm war. Der Knabe sprach und las so lange und so viel mit seinem Lehrer, als es ihm beliebte. Basedow versuchte jedoch vergebens, seinem Zögling das Vokabelbuch in die Hände zu liefern. Die regelmäßigen Deklinationen und Conjugationen brachte er ihm dadurch bei, daß er sie an eine Tafel schrieb, sie ihm häufig vorsagte oder sie ihm vorsang. Allein Basedow bemerkte, daß sein Schüler „einen Ekel daran gewann". In-

---

[1]) Ibid. § 3.

folgedessen sah er zunächst davon ab, seinen Zögling die Deklinationen und Conjugationen lernen zu lassen.¹)

Nachdem Basedow noch nicht ganz 3 Wochen in Borghorst war, fing er an, in seine Unterredungen mit dem Knaben allerhand lateinische Wörter zu mischen, die derselbe aus dem Zusammenhang verstand. Bald darauf sagte er ihm kurze Sätze ganz lateinisch. Verstand der Knabe dieses oder jenes nicht, so wurde durch eine deutsche Erklärung nachgeholfen. Soviel es sich thun ließ, wurden unverstandene Wörter und Wendungen durch gleichbedeutende andere lateinische Vokabeln und Redensarten, die dem Knaben schon bekannt waren, ersetzt, oder Basedow suchte ihm auch durch Mienen und Vorzeigung der betreffenden Dinge den Sinn der lateinischen Worte oder Sätze zu erklären. Doch bestanden die Gespräche zwischen Basedow und seinem Schüler anfangs in lauter Spielereien, die ihn belustigten. Hierbei machte der Lehrer seinen Zögling „als einen Scherz" mit Kromaiers Gesprächen bekannt, ebenso mit vielen Colloquiis Langii.²) Nach weiteren vier Wochen verstand der Knabe seinen Hauslehrer schon ziemlich, wenn er ihm etwas, „was ihn anging", lateinisch sagte und fing selbst an, lateinische „verstümmelte und übel zusammengesetzte" Wörter unter seine Gespräche zu mischen. Von Tage zu Tage wurde des Deutschen weniger, und in demselben Maße wurde das Lateinische richtiger. Es würde vielleicht manchen Lehrer abgeschreckt haben, den Knaben sprechen zu hören, **vidi, ut encurrant nostras equis**, siehe, wie unsere Pferde laufen, aber Base= dow befremdete das nicht. Denn wird, fragt er, ein französisches Kind von sieben Jahren (so alt war Basedow's Zögling damals), das erst kurze Zeit in Deutschland ist, nicht auch etwa sagen: „Sieh, da lauf us Pferden?" Wird es deswegen, wenn es zehn Jahre in Deutschland bleibt, niemals richtig Deutsch lernen?³)

Am Ende des ersten Vierteljahres, also etwa weitere sechs Wochen später, begann Basedow für den Knaben bestimmte Tagesstunden für den Unterricht anzusetzen. Er wurde unterrichtet in den Anfangs= gründen der Religion, Geographie, Geschichte und Grammatik. Auch über die Notwendigkeit der menschlichen Gesellschaft, der Obrigkeit und von den Gesetzen wurde gesprochen, von der Zeugung der Pflanzen, von der Erde und Sonne, von der Nahrung und dem Wachstum der Menschen und Tiere. Basedow trug den Unterrichtsstoff erst deutsch, dann deutsch vermischt mit lateinisch, schließlich nur lateinisch vor. Im

---

¹) Ibid. § 4.
²) Ibid. § 5.
³) Ibid. § 6.

Religionsunterricht wurden Hübners biblische Geschichten durchgenommen. Hierin sowohl, als auch in anderen Unterrichtsfächern mußte der Knabe lateinisch wiedererzählen, und später, als er sicherer schreiben konnte, mußte er den durchgenommenen Stoff auch schriftlich in lateinischer Sprache wiedergeben. Im Lateinischen wurden Langii, Corderi und Erasmi colloquia, der dritte Teil von Castalionis Dialogis sacris und die Hälfte von Thomae Kempisii de imitando Christi durchgegangen. Doch ließ Basedow „nichts konstruieren, nichts analysieren", sondern war zufrieden, wenn der Knabe den Inhalt verstand und das Gelesene lateinisch wiedergeben konnte.[1]

Von Anfang an wurde der Knabe auch geübt in lateinischen Redeübungen und im Briefschreiben. Im übrigen wurde im Lesen obengenannter Bücher fortgefahren. Aber da Basedow mit seinem Zögling nur lateinisch redete und ihn auch in dieser Sprache unterrichtete, die Dienstboten aber plattdeutsch mit ihm redeten, so verstand der Knabe schließlich kein deutsches Buch und redete hochdeutsch „als ein Savoyard", was von manchen Leuten als ein Hauptfehler der Basedow'schen Unterrichtsmethode bezeichnet wurde. Infolgedessen wurde die Geographie, die politische und biblische Historie mit ihm auch deutsch durchgenommen. Deutsche Briefe wurden geschrieben und deutsche Reden geübt. Auch deutsche Gespräche wurden gehalten, und nach einem halben Jahre war der Einwurf, daß Basedows Zögling besser Lateinisch als Deutsch könne, somit praktisch widerlegt. Schließlich war es dem Knaben ganz gleich, ob er deutsch oder lateinisch reden und schreiben mußte. — Alsdann wurde auch Grammatik und Syntax getrieben, aber nicht aus Lehrbüchern. Der Schüler soll noch so weit kommen, daß er jede Konstruktion, die er bis jetzt nur durch häufige Übung weiß, auch aus der Syntax beweisen kann.[2]

Als Basedow seine „Nachricht usw." herausgab — also nach $3^{1}/_{2}$jährigem Unterrichte — faßt er die Erfolge seiner Methode folgendermaßen zusammen: 1) Der junge, etwa $10^{1}/_{2}$jährige von Qualen weiß seine Theologie so, daß kein vernünftiger Prediger ihm, wenn er das Alter hätte, die Konfirmation abschlagen würde. 2) Er hat die Universal- und Vaterlandshistorie nebst der Geographie und Chronologie so inne, daß er akademische Vorlesungen darüber mit Nutzen hören könnte. 3) Er redet so fertig und richtig, daß ein akademischer Zuhörer sich darob nicht zu schämen brauchte. 4) Wenn er aus dem Deutschen ins Lateinische übersetzt, kommt selten ein Fehler vor. Der Barbarismen

---
[1] Ibid. §§ 7—9.
[2] Ibid. §§ 10—14.

sind jedenfalls in seinen Übersetzungen nicht so viele, als in den Exercitien derer, die 6 Jahre nach der gewöhnlichen Methode unterrichtet worden sind. 5) Es sind ihm, weil alles, was im Lateinischen oder Deutschen gelesen wurde, nicht nur verbaliter, sondern auch realiter erklärt worden ist, ungemein viel Sätze aus der Logik, Metaphysik, der natürlichen Theologie, der Moral, Politik usw. bekannt, welche man sonst nicht vor seinen akademischen Jahren zu hören bekommt.[1])

Dies waren nach Basedows eigenem Zeugnis die angeblichen Erfolge seiner Lehrmethode. Es ist freilich zu mutmaßen, daß bei Feststellung derselben bei Basedow eine starke Selbsttäuschung vorhanden gewesen ist. Es ging Basedow hier, wie es ihm überhaupt in seinem Leben so häufig ging: Immer zu frühes Lob, immer zu frühe Bewunderung der Knospe und Blüte, ohne reife Frucht zu erwarten; immer zu große Erwartung, zu freigiebig in Versprechungen und Verheißungen. Der Knabe von Qualen war, wie Diestelmann richtig sagt, nichts als eine Treibhauspflanze, indem sein jugendlicher Geist künstlich zu vorzeitiger Entwicklung getrieben wurde.[2]) Der Zögling Basedows ist, nach Diestelmanns Angabe, im späteren Leben durchaus nicht über das Maß der Alltäglichkeit hinausgekommen, wie man doch hätte erwarten können, wenn die Erziehung Basedows wirklich eine „die Tiefen des Geistes weckende und fördernde" gewesen wäre.[3]) Im Methodenbuche, VI. Hauptst. § 2, thut Basedow seines Borghorster Zöglings Erwähnung als des damaligen „Landrates" Josias von Qualen. Über den Landrat hinaus scheint er es nicht gebracht zu haben.[4])

Was Schmid von Basedows in Borghorst befolgter Methode urteilt, nachdem er dessen Ausführungen in den epistolae ad Richeium besprochen hat, kann auch von den Basedow'schen Mitteilungen in seiner „Nachricht rc." gesagt werden. Sie zeigen uns, daß Basedow in den gewöhnlichen Fehler des eifrigen Privatinformators verfallen ist: Er hat seinen Zögling mit allerlei Belehrung überladen,[5]) seinen Geist zu einer zu frühzeitigen Entwicklung gebracht, die fast nie von dauerhafter Natur und nachhaltiger Wirkung zu sein pflegt. Bei Basedow ist dieser Fehler um so erklärlicher, da er es nur mit einem einzigen, noch dazu anscheinend sehr gut befähigten Knaben zu thun hatte, und ihm so die Gelegenheit zu belehrender Vergleichung fehlte. Dieser Umstand mag

---

[1]) Ibid. § 15.
[2]) Diestelmann pag. 17.
[3]) Derselbe pag. 18.
[4]) Derselbe pag. 103. Anm. 12.
[5]) Schmid pag. 18.

auch dazu beigetragen haben, Basedow in dem guten Glauben an die außergewöhnlichen Erfolge seiner Unterrichtsmethode zu bestärken. Die so glänzend scheinenden Resultate waren aber in Wirklichkeit weiter nichts, als die Folgen einer ungewöhnlichen Frühreife, die Basedow bei seinem Zögling auf alle mögliche Weise gefördert zu haben scheint. So, wie Basedow verfuhr, legt man das Fundament zu jenem altklugen, unnatürlichen Wesen, das auch dieser Knabe der Beschreibung nach gehabt haben muß, und das die spätere Entwickelung allerdings wieder abstoßen kann, aber manchmal nicht ohne Erschütterungen.[1])

Im übrigen sind auch aus dieser Schrift Basedows Lockesche Einflüsse deutlich erkennbar. Wenn Basedow seinen Zögling von der „Notwendigkeit der menschlichen Gesellschaft", von „Krieg und Frieden" und „von den Gesetzen" unterrichtete,[2]) so wird er damit einer Anregung Lockes gefolgt sein, der in dieser Hinsicht fordert: „Wenn er des Tullius Officien ordentlich durchgearbeitet und Pufendorfs de officio hominis et civis dazu genommen hat, mag es an der Zeit sein, ihn mit Grotius de iure belli et pacis oder, was vielleicht beiden vorzuziehen ist, mit Pufendorf de iure naturali et gentium bekannt zu machen, worin er Belehrung finden wird über die natürlichen Menschenrechte, die ursprüngliche Gestalt und die Grundlagen der menschlichen Gesellschaft. Dieser allgemeine Teil des bürgerlichen Rechtes ist ein Studium, welches ein Edelmann nicht nur flüchtig berühren sollte! ...... Es wäre befremdlich anzunehmen, ein englischer Edelmann solle mit der Gesetzgebung seiner Heimat unbekannt sein! Eine gewisse Kenntnis davon, ist für ihn unerläßlich! .... Auch soll er sich Einsicht in die Verfassung und Staatsverwaltung erwerben, damit er den wahren Grund, auf welchem die Staatsgrundsätze entstanden sind, und die Bedeutung welche ihnen zukommt, erkennen lernt.[3]) Wenn ferner Basedow seinen Schüler von dem Ursprunge und der Verfertigung der Kleider und Wohnungen, von der Zeugung und Fortpflanzung der Pflanzen, von der „den Pflanzen ähnlicher Zeugung" (etwa derjenigen gewisser niederer Tierklassen?), von der Nahrung und dem Wachstume der Tiere — natürlich immer soviel als möglich in lateinischer Sprache — unterrichtete,[4]) ihn also, und zwar bereits in den ersten Monaten seines Unterrichtes, zunächst mit denjenigen Gebieten der Mineralogie, Botanik und Zoologie bekannt machte, die einem Kinde

---

[1]) Schmid, Programm pag. 18.
[2]) Nachricht rc. § 7.
[3]) Locke §§ 186—187.
[4]) Nachricht § 7.

durch die Beobachtung des Alltagslebens naturgemäß zuerst in die Sinne fallen müssen, so dürfte er auch hierzu durch folgende Forderung Lockes angeregt worden sein: „Da man beim Lateinlernen lediglich Worte lernt, ein für Jung und Alt unerfreuliches Geschäft, so verknüpfe man damit so viele Sachkenntnisse, als man kann. Auch hier muß man mit dem beginnen, was zunächst in die Sinne fällt, wie mit der Kenntnis der Mineralien, Pflanzen und Tiere und besonders des Nutzholzes und der Obstbäume, ihren Teilen und der Art ihrer Fortpflanzung, wobei einem Kinde manches gelehrt werden kann, was dem Erwachsenen nicht nutzlos sein wird".[1]

Basedow unterrichtete seinen Zögling hauptsächlich durch tägliche Unterredungen.[2] Im ersten Vierteljahr hatte er überhaupt keine bestimmten Stunden zum Unterricht angesetzt. Im zweiten Vierteljahr fing Basedow schon an „etwas ordentlicher eine Zeit zum Studieren anzusetzen.[3] Wohlgemerkt er „fing an", wenigstens „etwas ordentlicher" gewisse Tagesstunden für den Unterricht anzusetzen. Viele werden es auch dann noch nicht gewesen sein, das hauptsächlichste Unterrichtsmittel blieb die Unterredung. Im Laufe dieser Unterredungen wurden die verschiedensten Wissensgebiete berührt.[4] Basedow wurde damit einer wichtigen pädagogischen Forderung gerecht. Es ist bekannt, daß jüngere Kinder ihre Aufmerksamkeit schlechterdings nicht längere Zeit auf einen bestimmten Gegenstand concentrieren können. Der kindliche Geist ist unruhig und beschäftigt sich gern bald mit dieser, bald mit jener Sache. Der Reiz der Neuheit ist für das Kind von besonderem Interesse, und deshalb darf auch ein guter Lehrer seine Schüler beim Beginn des Unterrichtes nicht etwa durch äußere Zuchtmittel zur Aufmerksamkeit zwingen, sondern muß dafür Sorge tragen, daß dem Kinde in gewisser Abwechselung möglichst Neues dargeboten wird. Wenn nun Basedow bei seinem Unterrichte diese wichtigen Grundsätze — was im Schulunterricht der damaligen Zeit nicht zu geschehen pflegte — doch sehr sorgfältig beachtet zu haben scheint, so ist er jedenfalls auch dazu durch Locke bewogen worden, der in dieser Hinsicht fordert: „Die natürliche Gemütsart der Kinder macht ihren Geist geneigt zur Unstetigkeit. Nur das Neue fesselt sie; was sich als neu darstellt, das wollen sie sofort mit Begier kosten und sind ebenso bald davon gesättigt. Sie werden desselben Dinges schnell überdrüssig und haben

---

[1] Locke § 169.
[2] Nachricht § 2 u. § 5.
[3] Ibid. § 7.
[4] Ibid. § 7.

daher fast all ihr Vergnügen an Veränderung und Abwechselung. Es ist mit dem natürlichen Zustand der Kindheit unvereinbar, wenn sie ihre flüchtigen Gedanken festbannen sollen! . . . . . Es ist ersichtlich, daß es für die Kinder beschwerlich ist, ihre Gedanken ständig auf einen Gegenstand zu richten. Wer daher ihren Fleiß in Anspruch nimmt, sollte sich bemühen, ihnen dasjenige, was er ihnen vorlegt, so angenehm als möglich zu machen".[1]) Im folgenden führt Locke noch aus, daß das Kind wohl nach Unterhaltung sucht, daß es aber verkehrt ist, wenn ein Erzieher sich durch "Tadel und Rügen" oder durch "leidenschaft= liche Worte und Schläge" bei den Schülern Aufmerksamkeit zu ver= schaffen sucht.[2])

Basedow übte seinen Schüler von Anfang an im Briefschreiben.[3]) Welche Wichtigkeit Basedow diesen Übungen im Briefschreiben beimaß, geht daraus hervor, daß er, nachdem er seinen Zögling zehn Monate unterrichtet hatte, diesen, wie wir bereits hörten, drei von ihm selbst= verfaßte Briefe an Richey übersenden ließ, gleichsam als Zeugnisse für die außerordentlichen Erfolge der von ihm befolgten Unterrichtsmethode.[4]) Der Knabe berichtet von seinem Unterricht: libros tracto Ciceronis epistolas und weiter praeterea litteras scribimus fictas.[5]) Basedow ergänzt diese Mitteilungen in der Nachricht folgendermaßen: "Das Briefschreiben aber richtete ich so ein, daß ich anfangs einen erdichteten Briefwechsel im Namen eines anderen jungen Herrn mit ihm anfing, welches ihn zum größeren Fleiß aufmunterte. Ich redete zuvor über die Materie des Briefes, alsdann sagte oder las ich ihm ein gutes Exempel eines solchen Briefes vor, und darauf ließ ich ihn schreiben.[6]) Neben den lateinischen wurden auch deutsche Briefe geübt.[7]) Und zwar betonte Basedow die Übungen im Briefschreiben nicht nur in den ersten Jahren seines Unterrichts, sondern auch in seinem vierten und letzten Jahre seiner Hauslehrerthätigkeit in Borghorst sagt er von seinem stilistischen Unterricht: "Unsere Bemühungen des Stils sind Über= setzungen, Briefschreiben und Redenmachen".[8]) Daraus geht hervor, daß Basedow, auch nachdem sein Schüler schon weiter gefördert war, die

---

[1]) Locke § 167, Abs. 3.
[2]) Locke § 167, Abs. 4 ff.
[3]) Nachricht § 10.
[4]) epistolae ad Richeium pag. 13—15.
[5]) Brief des Knaben Josias v. Qualen an den Prediger Zornickel, Basedows Freund. epistolae ad Richeium pag. 15.
[6]) Nachricht § 10.
[7]) Ibid. § 11
[8]) Ibid. § 14.

Übungen im Briefschreiben selbst dann noch für einen wichtigen und notwendigen Bestandteil seines sprachlichen Unterrichts ansah. Auch hierzu dürfte er von Locke angeregt worden sein, der ausdrücklich fordert: „Das Briefschreiben hat einen so großen Anteil in allen Vorkommnissen des menschlichen Lebens, daß kein Edelmann es vermeiden kann, sich in dieser Art der Schriftstellerei zu zeigen. Tägliche Veranlassungen werden ihn nötigen, seine Feder dazu zu gebrauchen, wodurch, abgesehen von den Folgen, welche seine größere oder geringere Gewandtheit darin in seinen Angelegenheiten oft nach sich zieht, er sich jederzeit einer strengeren Prüfung seines Bildungsstandpunktes, seines Urteils und seiner Fähigkeiten bloßstellt als im mündlichen Vortrag, in welchem vorübergehende Fehler, welche meistens mit dem Laute, der sie erzeugt, verhallen und damit einer genauen Betrachtung nicht ausgesetzt sind, der Beachtung und Kritik leichter entgehen".[1]) Und weiter sagt er: „Hätten die Erziehungsmethoden ihr rechtes Ziel verfolgt, so wäre nicht daran zu denken gewesen, daß man diesen so notwendigen Teil (nämlich das Briefschreiben!) vernachlässigte, während man auf die ganz und gar nutzlosen lateinischen Aufsätze und Verse überall und beharrlich einen so großen Nachdruck legte".[2]) Locke empfiehlt dann noch die Briefe des Tullius, da sie „als das beste Muster für den geschäftlichen und privaten Verkehr" gelten können.[3])

Bezüglich des Religionsunterrichtes erzählt Basedow in der „Nachricht 2c.", daß er mit seinem Schüler die biblische Geschichte erst nach einem Lehrbuche, und zwar nach Hübner, durchgegangen hat. Dann erst wurden das erste und der Anfang des zweiten Buches Mosis, zwei Evangelisten, die Apostelgeschichte und „einige andere historische Stücke der Bibel" durchgenommen.[4]) Basedow scheint also, entgegen dem Schulgebrauche seiner Zeit, bei der religiösen Unterweisung seines Zöglings das Hauptgewicht nicht auf den systematischen Katechismusunterricht, sondern vielmehr auf den Unterricht in der biblischen Geschichte gelegt zu haben. Schon in seiner Dissertation hatte er sich gegen das mühsame Auswendiglernen von Gebeten, Bibelsprüchen usw. ausgesprochen und darauf hingewiesen, daß zum Verständnis auch des kleinen Lutherschen Katechismus vorerst die Kenntnis der biblischen Geschichte notwendig sei. Mögen es die Theologen, sagt er, nicht übel nehmen, wenn die Knaben die biblische Geschichte nicht durch ein systematisches

---

[1]) Locke § 189, Abs. 4.
[2]) Ibid. Abs. 5.
[3]) Ibid. Abs. 4.
[4]) Nachricht § 8.

Durchlesen der ganzen heiligen Schrift, sondern vielmehr an der Hand reiner Bibelsprüche oder besonders dazu gemachter Büchlein kennen lernen. Die heilige Schrift enthält zu viel, was der jugendliche Verstand nicht fassen kann. Ein Durcharbeiten sämtlicher biblischer Bücher ist nicht nötig; von vielen Büchern der heiligen Schrift genügt es, nur den Gang und Inhalt zu kennen.[1]) — Man darf wohl mit Recht annehmen, daß Basedow auch diese Forderung von Locke entlehnt hat. Dieser spricht sich bezüglich des Religionsunterrichtes ebenfalls zunächst in bestimmter Weise gegen das Durchlesen der ganzen Bibel aus. „Mir scheint es", sagt er etwa, „daß das Lesen der Bibel ohne Auswahl, auch wenn es nach der Ordnung geschieht, in welcher die Kapitel auf einander folgen, so wenig vorteilhaft für die Kinder ist, hinsichtlich ihrer Vervollkommnung im Lesen sowohl, als auch hinsichtlich der Begründung ihrer religiösen Kenntnisse, daß etwas Verkehrteres vielleicht gar nicht gefunden werden kann! Denn welches Vergnügen oder welche Aneiferung kann es für ein Kind sein, wenn es sich im Lesen solcher Abschnitte eines Buches übt, von denen es nichts versteht? . . . . Ich gebe zu, daß die Grundsätze der Religion in den Worten der Schrift geschöpft werden müssen; aber es sollte dennoch von solchen Dingen einem Kinde nichts vorgelegt werden, was seinem Fassungsvermögen und seinen Begriffen nicht angemessen ist".[2]) Doch betont Locke gleich Basedow ebenfalls die Wichtigkeit der historischen Abschnitte der heiligen Schrift, wenn er schreibt: „Es möge mir gestattet sein, zu erklären, daß es einige Partieen in der heiligen Schrift giebt, welche geeignet sein mögen, daß man sie den Kindern in die Hand gebe, so z. B. die Geschichte von Joseph und seinen Brüdern, von David und Goliath, von David und Jonathan usw."[3]) Endlich verlangt Locke für den Unterricht in der biblischen Geschichte, wie es auch Basedow thut, besondere biblische Historienbücher. „Es würde gut sein", sagt er, „wenn man für die Lektüre junger Leute eine Erzählung aus der Bibel anfertigte. Wenn in dieser alles, was zweckmäßigerweise darin aufgenommen würde, in der rechten Zeitfolge dargelegt und Verschiedenes ausgeschlossen wäre, was nur für reiferes Alter geeignet ist, so würde jene Verwirrung vermieden, welche durch das Lesen der Schrift ohne Auswahl gewöhnlich erzeugt wird."[4]) Weiter schreibt er: „Ich meine nun auch, daß es gut wäre, wenn von der biblischen Geschichte ein

---

[1]) Dissertation §§ 5—7. Siehe auch Schmid Programm pag. 123—124.
[2]) Locke § 158.
[3]) Ibid. § 159.
[4]) Ibid. § 190.

kurzer und einfacher Auszug gemacht würde, der die hauptsäch=
lichsten und wichtigsten Kapitel enthielte, auf daß die Kinder, sobald
sie lesen können, sich damit vertraut machen.¹)

Wie eine nähere Betrachtung seiner Dissertation, so zeigt uns
auch der vorstehende kurze Vergleich der Basedowschen Forderungen in
seiner „Nachricht 2c." mit den entsprechenden Ausführungen Locke's:
Die Methode, welche Basedow als Hauslehrer in Borg=
horst befolgte, hat er zum großen Teil von Locke entlehnt.*)

Ist so schon in den frühesten Schriften Basedows der Einfluß
Lockes deutlich erkennbar, so gilt das in noch viel größerem Maße von
der „Practischen Philosophie für alle Stände". Das zehnte Stück
dieses Buches handelt bekanntlich von der Familie, und in zwei Ab=
schnitten dieses Stückes spricht Basedow von der Erziehung und von
dem Unterricht der Kinder.²) Die meisten hier ausgesprochenen Er=
ziehungs= und Unterrichtsgrundsätze, besonders diejenigen über die körper=
liche Erziehung, sind, wie bereits Schmid nachgewiesen hat, Locke ent=
lehnt.³) Der Einfluß Lockes auf Basedow in dessen Schriften, die vor
1762, also vor Rousseaus Emil erschienen waren, ist unverkennbar.
Man muß festhalten — was auch Diestelmann⁴) und Schmid⁵) be=
tonen — daß in diesen Schriften, besonders in seiner Dissertation, sich
schon im wesentlichen jene Grundsätze vorfinden, die Basedow später
durchzuführen bemüht gewesen ist. Diestelmann sagt deshalb mit Recht,
daß es irrige Bestrebungen sind, wenn man Basedow als völlig abhängig
von Rousseau hinstellen will.⁶) Die neuesten Arbeiten über Basedow
teilen sämtlich diese Auffassung. Es ist ohne Zweifel ein Verdienst
G. Hahn's, wenn er zum ersten Mal das Verhältnis Basedows zu

---

¹) Ibid. § 191.
*) Wir wollen an dieser Stelle nicht unerwähnt lassen, daß man allerdings
mit einem gewissen Rechte auch die Frage aufwerfen könnte, ob nicht die ganze
Luft der deutschen Aufklärung und die eigentümliche Geistesbeschaffenheit Basedows
selbst ihr Teil beigetragen haben, daß er auf diese Wege gebracht wurde, die ihn
in Übereinstimmung mit Locke zeigen.
²) So ist die Einteilung der ersten Auflage der „Pract. Philosophie", 1. Teil,
Kopenhagen und Leipzig, in Kommission bei Joh. Benj. Ackermann 1758. S. 540
bis 563. In der 2. Auflage Dessau 1777, handelt erst der 2. Teil, 11. Stück
S. 46—128 von der Erziehung und dem Unterrichte der Kinder.
³) Schmid, Programm pag. 43—56.
⁴) Diestelmann pag. 21.
⁵) Schmid, Programm pag. 40.
⁶) Diestelmann pag. 21.

Rousseau in das richtige Licht gestellt hat. Das Resultat seiner Untersuchungen faßt er in folgender Weise zusammen: „Wir können Basedow unmöglich als einen „Nachahmer", einen „Missionar" oder den „Apostel" Rousseaus bezeichnen, sondern müssen ihm, wenn auch nicht volle Unabhängigkeit, so doch volle Selbständigkeit diesem gegenüber zuerkennen. Einen deutlicheren Einfluß — und keineswegs einen maßgebenden — verspüren wir erst von dem Jahre 1770 an, während wir schon in Basedows Erstlingsschriften seit 1752 die charakteristischen Züge seiner Pädagogik deutlich ausgeprägt finden. Hier wie später steht er vor allem auf Locke'schem Boden.[1]) Gößgen[2]) hat zwar Hahn durch eine eingehende Vergleichung der ersten und zweiten Auflage der „praktischen Philosophie" zu widerlegen versucht, doch hat er nach Künoldt's Meinung, die Ergebnisse Hahns nicht erschüttert, sondern im Grunde nur nachgewiesen, daß Basedow nach dem Erscheinen von Rousseaus Emil dessen Einfluß erfährt, was natürlich ist. Gerade die von ihm aufgestellte Vergleichung der ersten und zweiten Auflage von Basedows praktischer Philosphie liefert den Beweis, daß die Grundgedanken Basedows vor dem Erscheinen des Emil feststehen.[3]) Schmid und Diestelmann haben in ihren vortrefflichen Arbeiten über Basedow zur Genüge gezeigt, wie dessen pädagogische Ansichten sich entwickeln und nach und nach immer klarere Gestalt gewinnen. Der Vorwurf, den v. Sallwürk gegen Basedow erhebt, daß nämlich dessen Pädagogik innerlich nicht zusammenhänge,[4]) muß deshalb als ein ungerechtfertigter bezeichnet werden.

Wenn ferner Pinloche[5]) und Hahn annehmen, daß Basedow gewisse seiner Grundforderungen, so die Idee einer Elementarbibliothek und den Vorschlag der Errichtung eines „Staatscollegii zur Aufsicht über das Studienwesen", dem französischen Staatsmanne La Chalotais entlehnt habe, so muß auch diese Annahme als nicht mehr haltbar bezeichnet werden. Diestelmann, Schmid, Lorenz und ganz besonders Künoldt haben übereinstimmend dargelegt, daß Basedow diese Ideen aus chronologischen Gründen nicht von La Chalotais entlehnt haben kann. Den Vorschlag, eine völlige Trennung von Kirche und Schule durch Errichtung einer obersten staatlichen Schulbehörde herbeizuführen, hat

---

[1]) G. Hahn: „Basedow und sein Verhältnis zu Rousseau" Leipzig 1855. pag. 109.
[2]) Karl Gößgen: „Rousseau und Basedow". Burg b. M. 1891.
[3]) Emil Künoldt: „Caradeux de La Chalotais und sein Verhältnis zu Basedow". Oldenburg und Leipzig. pag. 35.
[4]) v. Sallwürk, Artikel Basedow in Reins Handbuch der Pädagogik. Bd. I, pag. 232.
[5]) Pinloche, A. La réforme de l'éducation en Allemagne au dix-huitième siècle. Paris 1889.

Basedow von Martin Ehlers[1]) entnommen,[2]) den er selbst als den „höchst verdienten Herrn Rektor Ehlers" bezeichnet.[3]) Ehlers aber, dem Basedow viele seiner wertvollen und fruchtbaren Ideen verdankt, und der nach Künoldts Meinung als der eigentliche Urheber der Reform des deutschen Schulwesens am Ende des 18. Jahrhunderts zu bezeichnen ist,*) hat mit diesem Vorschlage nicht etwa eine neue Idee ausgesprochen, sondern nur eine dem thatsächlichen Rechtsverhältnis der Schule im protestantischen Deutschland entsprechende Organisation der Verwaltung angeregt. Die Verstaatlichung des Schulwesens ist eine Wirkung der Reformation, eine der großen Errungenschaften, die die Menschheit Luther verdankt. Auch Caradeux de la Chalotais, der ja in seiner Schrift vielfach seine Kenntnis der pädagogischen Litteratur Deutschlands bekundet, macht seinen Landsleuten den Vorschlag der Trennung von Kirche und Schule sicherlich nur, indem ihm die Gestaltung des Unterrichtswesens im Bereiche des deutschen Protestantismus als Vorbild dient.[4])

Weder Rousseau, noch La Chalotais haben auf Basedow einen maßgebenderen Einfluß ausgeübt. Alle drei aber sind wesentlich von Locke beeinflußt worden. Mit Recht sagt deshalb Künoldt am Schluß seiner lesenswerten Schrift über das Verhältnis der drei Männer: „Die durch Basedow in Deutschland hervorgerufene pädagogische Bewegung ist ebensowenig auf Rousseau als auf Caradenx de la Chalotais zurückzuführen. Soweit Basedows Ansichten sich mit denen des französischen Staatsmannes de la Chalotais berühren, ist dies eine Folge davon, daß beide sich die Ideen Lockes zu eigen gemacht haben, um

---

[1]) Martin Ehlers, geb. den 6. Januar 1732 zu Rortorf in Holstein, studierte in Göttingen, wurde 1760 Rektor in Segeberg und 1768 Rektor der lateinischen Schule zu Oldenburg, wohin er auf Betreiben des Ministers von Bernstorf berufen wurde, um das oldenburgische Schulwesen zu reformieren. Da er indessen nicht im Stande war, den ihm von seiten des oldenburgischen Konsistoriums bereiteten Widerstand zu überwinden, ging er drei Jahre später als Rektor nach Altona. 1776 wurde er Professor der Philosophie in Kiel. Er starb am 4. Januar 1800. Die wertvollste seiner trefflichen Schriften sind seine dem Minister von Bernstorf gewidmeten: „Gedanken von den zur Verbesserung der Schulen notwendigen Erfordernissen". Diese Schrift ist von Basedow benutzt worden. Siehe Künoldt pag. 56. — Ehlers, der mit Basedow in Altona bekannt geworden war, gehörte zu denen, die durch Annahme von Praenumerationen auf Basedows Elementarbuch dessen Absichten förderten. Siehe Diestelmann pag. 106, Anm. 29.
[2]) Künoldt pag. 74.
[3]) Ibid. pag. 55.
*) Das scheint uns doch etwas zu viel gesagt. Anm. des Verf.
[4]) Künoldt pag. 75.

sie auf das öffentliche Schulwesen anzuwenden".[1]) Ähnlich urteilt Göring von dem Verhältnis Basedows zu Rousseau, wenn er schreibt: „Beide können als Parallelerscheinungen betrachtet werden, deren Denken seine Wurzeln in den grundlegenden Forschungen eines John Locke hat.[2])

Zum Schluß noch einige Worte über Basedows Abstammung und Vorfahren. Göring berichtet darüber: „Seine Ahnen werden auf eine uralte, angesehene Familie unter den Wenden an der Ostsee zurück= geführt. Sein Urgroßvater war ein reicher Freiherr, mußte aber in= folge großer Verluste sein Gut Basedow verkaufen."[3]) Ähnliches be= richtet von Sallwürk.[4]) Auch Diestelmann hat diese Angaben über= nommen, wenngleich er sich schon vorsichtiger ausdrückt, indem er schreibt: „Sein Vater soll ein Baron gewesen sein" und „Base= dows Vorfahren stammten der Überlieferung nach von einer uralten und angesehenen Familie".[5])

Die vorgenannten Basedowbiographen benutzten als Quelle für diese ihre Angaben offenbar eine Stelle aus Meier, der uns berichtet, andere Leute hätten ihm erzählt, daß Basedows Urgroßvater ein mecklen= burgischer Freiherr aus alter und angesehener Familie gewesen sei, der sein Gut Basedow hätte verkaufen müssen. Meier fügt noch hinzu, er könne sich nicht mehr daran erinnern, ob Basedow selbst oder dessen Vater ihm jemals ein Gleiches erzählt hätten.[6]) In den Schriften Basedows kommt keine Stelle vor, in welcher er seine Abstammung von einem mecklenburgischen freiherrlichen Geschlecht behauptet oder auch nur andeutet. Jene Angaben Meiers und der auf ihn fußenden oben= genannten Basedowbiographen sind falsch, wie aus folgenden Dar= legungen klar hervorgeht.

Im Ritterschaftsamte Malchin in Mecklenburg giebt es allerdings ein Gut Basedow. Dasselbe kommt bereits zu Anfang des 13. Jahr= hunderts urkundlich vor. Am 3. Mai 1737 wurde es an vier An= gehörige des Geschlechtes der Grafen von Hahn zu Lehen gegeben. Noch heute ist es im Besitz dieser Familie. Soweit die Archivnachrichten und Akten zurückreichen, ist es aber nie im Besitz eines v. Basedow gewesen. Überhaupt hat es in Mecklenburg eine Familie v. Basedow nicht gegeben.[7])

---

[1]) Ibid. S. 74.
[2]) Göring, Vorbemerkungen zum Methodenbuch. pag. 3.
[3]) Göring, pag. XX.
[4]) Artikel Basedow in Reins Handbuch der Pädagogik.
[5]) Diestelmann pag. 8.
[6]) Meier Bd. 1) pag. 163.
[7]) Laut brieflicher Mitteilungen des Großherzogl. Mecklenburg. Statistischen Amtes, sowie des Großherzogl. Mecklenburg. Geheimen u. Hauptarchivs.

In Lübeck hat sich jedoch früher eine Familie von Basedow befunden. Sie soll aus dem Lüneburgischen stammen und sich bereits im Jahre 1333 in Lübeck niedergelassen haben.¹) Von diesem Lübecker, dort zur adeligen Zirkelgesellschaft gehörenden Geschlechte giebt J. H. Buetner in seiner Genealogie der Lüneburger adeligen Geschlechter²) eine Stammtafel und die Beschreibung des dem Lübeckischen Ratsherrn Jordan von Basedow gelegentlich seiner Erhebung zum Ritter 1552 von Kaiser Karl V. bestätigten und verbesserten Wappens. Dieser Jordan von Basedow soll als der Letzte seines Stammes am 3. März 1555,³) nach anderer Angabe am 28. Februar 1555⁴) verstorben sein. Doch ist die Abstammung des Lübeckischen Geschlechtes von Basedow nicht sicher zu ermitteln. Nach anderer Vermutung stammt diese Familie nicht aus dem Lüneburgischen, sondern aus dem Dorfe Basedow im Herzogtum Lauenburg.⁵)

Ferner gab es früher ein Geschlecht von Basedow in der Uckermark. Es nannte sich jedenfalls nach dem dort bei Prenzlau belegenen Dorfe Basedow.⁶) Grundmann führt von diesem Geschlecht 1375 einen Henning von Basedow und 1423 einen Heinrich von Basedow urkundlich an.⁷) Da er aber über die Siegel und Wappen dieser Familie nichts angiebt, solche meines Wissens auch anderswo nicht vorhanden sind, so läßt sich nicht sagen, ob vielleicht das Lübeckische Geschlecht von Basedow mit der Uckermärkischen Familie gleichen Namens Zusammenhang hatte. Die Letztere scheint gleichfalls bereits im 15. Jahrhundert ausgestorben zu sein. Die Adelslexika geben darüber mangels sicherer Beweise keine nähere Auskunft.

Da es also in Mecklenburg kein Geschlecht von Basedow gegeben hat, und da ferner sowohl die Lübeckisch-Lüneburgische (richtiger vielleicht Lübeckisch-Lauenburgische), als auch die Uckermärkische Familie dieses Namens schon früh ausgestorben ist, so kann auch Basedows Großvater kein „Freiherr" gewesen sein. Dahin wären demnach die Angaben Görings, v. Sallwürks und Diestelmanns bezüglich der Abstammung Basedows zu berichtigen.

---

¹) Nach Dittmer: Lübeckische Familien pag. 8.
²) Lüneburg 1704, Folio, 2 Anhang.
³) Laut Mitteilung des Kgl. Heroldsamtes zu Berlin.
⁴) Nach Dittmer, Lübeck'sche Familien S. 8.
⁵) Dahin geht z. B. die Vermutung des Kgl. Heroldsamtes zu Berlin.
⁶) Gleichfalls laut brieflicher Mitteilung des Kgl. Heroldsamtes zu Berlin.
⁷) Grundmann, Uckermärckische Adelshistorie pag. 28.

Vita.

Ich, Kurt Swet, bin geboren am 4. September 1871 zu Oppitz bei Kamenz. Meine Bildung erhielt ich auf dem Kgl. Sächs. Lehrerseminar zu Grimma, welches ich Ostern 1890 verließ. Nachdem ich ein halbes Jahr Lehrer in Leipzig gewesen war, studierte ich drei Semester in Jena und später vier Semester in Leipzig Pädagogik, Deutsch und Geschichte. In Holzminden war ich interimistisch Lehrer an der Herzogl. Bauschule und bestand in Braunschweig die Prüfung für das höhere Lehramt an Lehrerseminarien und Bürgerschulen. Alsdann war ich Lehrer an der Rumbaumschen Stiftsschule in Hamburg, hierauf Rektor in Nordhorn. Seit Ostern 1897 bin ich an der öffentlichen Handelsschule in Zwickau thätig.

Im Dezember 1896 bestand ich zu Cassel die Rektoratsprüfung für Volksschulen, und nachdem ich mich im Dezember 1897 noch einer Prüfung in den fremden Sprachen unterzogen hatte, wurde mir auch die Befähigung zur Leitung von Mittelschulen und höheren Töchterschulen mit fremdsprachlichem Unterricht zuerkannt.

Errata.

S. 17 Zeile 3 Unbeständigkeit statt Unbeständigkeit.
S. 20 Zeile 1 bin ich **in** der usw. statt bin ich der usw.
S. 26 Zeile 5 **wie** hoch statt wo hoch.
S. 49 Zeile 12 pädagogischen statt pädagoischen.